eva dix

Ghosting

Der Feind unter meinem Bett

2023

eva dix

ghosting
Der Feind unter meinem Bett

Psychothriller

Impressum

1.Auflage 2023
© 2023, Kirsten Schuhmann
Alle Rechte vorbehalten
Umschlagsgestaltung janebodega
Umschlagsmotiv janebodega

Korrektorat: Mentorium
Lektorat: Emanuel Koch
Mitwirkende: Maren Priewe,
Karl-Heinz Schuhmann
© 2023, eva dix

Herstellung und Verlag:
BoD – Books on Demand, Norderstedt
ISBN: 978-3-758-31105-5

INHALT

Prolog

Epilog

Prolog

Berlin blickte nicht mehr auf und schloss die Augen, denn hier hatte man alles schon gesehen; auch wenn es so etwas auf der ganzen Welt nicht geben sollte, geben durfte. War es überhaupt von dieser Welt? Vielleicht war es nie wirklich in dieser Welt angekommen, und deswegen trug es so viel Hass in sich.

So hatte es sich aus der schützenden Dunkelheit der Dorfidylle gelöst und war in die Stadt gekommen. Es hatte sich deren grellen Lichtern ausgesetzt, nur um seinen unbändigen Hunger zu befriedigen. Es musste ein Opfer geben, es konnte nur das eine Opfer geben! Dieser Gedanke beherrschte all sein Tun. Sein Feldzug gegen den letzten Funken Menschlichkeit war getrieben von Besessenheit, einer krankhaften Obsession, dem einzigen Weg, sein inneres Chaos zu befrieden. Es war geduldig gewesen. Es wusste, wo sie wohnte. Es beobachtete ihre Wohnung, verleibte sich ihre Gewohnheiten ein und wartete auf die nächste Gelegenheit, mit aller Macht in sie hineinzudrängen. Und nun war es an der Zeit, zuzugreifen. All die Anstrengung hatte sich gelohnt. Der Weg war frei.

Es wartete nun nicht mehr *da draußen* im Schutz der Apathie. Es war bereits in die heilsame Atmosphäre ihrer Wohnung eingedrungen und zielte darauf ab, alles zu zerstören und ein ohnehin schon wackliges Leben in völliges Chaos zu verwandeln. Es hatte einen teuflischen Plan, vor dem der Höllenfürst selbst erschrecken musste. Aber es war wild entschlossen, koste es, was es wolle.

Berlin war anders als der kleine Heimatort im östlichen Niedersachsen. Hier konnte es sich nicht verstecken und geduldig im Schutz des Dickichts auf die nächste Gelegenheit warten, hier musste es handeln und schnell zugreifen. In der Metropole gab es kaum einsame Orte, alles war voll mit Menschen, alles war voll mit Licht. Es gab genug Lärm *da draußen*, der es aufschrecken ließ, unfähig, einen klaren Gedanken zu fassen. Hier wurde es selbst zum Verfolgten. So rückte hier der Autostrahler eines SUVs für Sekunden seine deformierte, monströse Gestalt ins Visier und entblößte seine wahre Natur.

In letzter Sekunde schlug es sich aus dem Scheinwerferlicht in den Schatten. Mit einem großen Satz landete es irgendwo hinter einem parkenden Auto. Hier war es sicher, zumindest kurz. Es keuchte, Schweiß perlte von seiner Stirn. Seine Kleidung klebte an seinem Körper, war durchtränkt von einem roten Saft, der es einst zurück ins Leben holte. Doch nun musste es diesen schnellstmöglich loswerden.

So etwas hätte in jedem Dorf, in jeder Kleinstadt einen Aufschrei provoziert, aus Angst, aus Entsetzen. Doch dieser verstummte in den vielen Winkeln, den Gassen, dem Moloch der Großstadt. Das war sein Glück. Die Stadt war abgelenkt. Berlin war auf sich selbst konzentriert, hatte sich in seiner eigenen Zerrissenheit verkeilt und verkannte die Gefahr, die inmitten seines Straßengeflechts ein neues Opfer suchte - und bereits gefunden hatte.

Berlin war ungewohnt, aber kein Hindernis, im Gegenteil. Im Schutz des Großstadtlärms hörte man seine entmenschlichten Laute nicht. Da war das starke Röcheln, das schwere Atmen und sein innerer Aufschrei, als es sich am Ziel wähnte und sein Opfer unter seinem Körper begrub. Als es sie mit sich in den Abgrund zog – für immer und lebenslang.

10

»Du hast doch nichts zu verlieren!« Diese Worte hallten Marleen noch in den Ohren, nachdem sie die Wohnung ihrer Freundin bereits Richtung Tramstation verlassen hatte. Hatte sie das? Sie wusste in jedem Fall, dass es Lina nur gut mit ihr meinte und eigentlich nur helfen wollte. Brauchte sie denn Hilfe? Warum war alles so schwierig geworden? Und seit wann denn überhaupt? Wo war sie, als sich die Welt in Beziehungsgeflechten verheddert hatte? Oder hatte sie sich verheddert? Warum beschäftigten sie jetzt all diese Gedanken? Sie kam doch mittlerweile gut im Leben klar, allein, weg von alledem und ohne diesen düsteren Schatten an ihrer Seite.

Ihre Mutter hatte ihr damals beim Umzug geholfen, allein hätte sie das niemals geschafft. Sie hatten selten so viel gesprochen, auf ihren unzähligen Fahrten mit Mamas jagdgrünem Ford Escort. Und bei jeder Fahrt löste sich ihr altes Leben immer mehr in einem Neustart auf. Und nun, nach Monaten des Vergessens und der immerhin oberflächlich erlangten Souveränität, wieder zurück in die Abhängigkeit zu rutschen klang eigentlich nicht verlockend. Das war für ihre tapfere neue Welt sogar ein lebensbedrohliches Risiko. Durfte sie sich das also überhaupt vorstellen?

Aber irgendetwas fehlte. Nicht ein ganzer Kerl, eigentlich nur eine Umarmung, das Gefühl von Sicherheit, Geborgenheit. Eine schützende Hand fehlte ihr. Hatte sie das nicht eigentlich auch dank ihrer Freundinnen? Manchmal waren diese halt nicht da, nämlich gerade dann, wenn auch das Fernsehprogramm keinen Trost spendete und sich dort die schönen Menschen aus Hollywood zufällig begegneten, sich anschauten, es peng machte und sie sich trotz eifersüchtiger Exfreunde, widriger Lebensumstände oder einer Wagenladung naivem Glück logischerweise unsterblich ineinander verliebten. Dann fand ihr Blick den Weg vom Bildschirm zurück in ihre kleine Wohnung auf ihr kleines, mit samtweichen Lieblingskissen dekoriertes Sofa.

Der laute Aufschrei einer Hupe riss sie aus dem Gedankenkarussell. Sie blickte auf und erwischte dabei die glotzenden Augenpaare der Businsassen direkt vor ihr am Ampelübergang. Sie seufzte kurz, als sie ihr Gesicht in der Spiegelung des Busfensters entdeckte. Sich selbst zu sehen, das tat weh. Nachhaltig. Okay, vielleicht hatten ihre Freundinnen wirklich recht und sie sollte es einfach mal versuchen.

Als sie die Tramstation erreichte und auf die Anzeigetafel schaute, blinkten ihr neonorangene LEDs mit einer zusätzlichen Wartezeit von 20 Minuten entgegen. Okay, nicht in Panik verfallen, dachte sie. Die Zeit kann ich sinnvoller nutzen, denn mir unsinnige Gedanken zu machen. Sie holte ihr iPhone aus ihrer Michael-Kors-*Shopper-Voyager* Handtasche und tippte mit den frisch lackierten Fingernägeln ihren persönlichen sechsstelligen Pin ein.

Mit zwei flinken Fingerbewegungen war sie im App Store gelandet und suchte nach dieser Tinder App, die ihr ihre Freundin gezeigt hatte. Damit hatte Nina David gefunden, ihn gedatet, ihn geliebt, und jetzt waren sie zusammengezogen und warteten nur darauf, dass der nächste Test positiv ausfiel und sie wieder einen Haken machen konnten in ihrer unfassbar romantischen Karriere als Liebespaar. Ob ihr so etwas auch passieren könnte?

Nur wenige Minuten dauerte es, bis die App geladen war und der erste sympathisch wirkende Kerl ihr tief in die

Augen schaute. Heilerziehungspfleger Tim erfüllte mit seinen 29 Lenzen und Hipster-Bart in jedem Fall den Auftrag, dass sich Marleen weiter in den virtuellen Liebeskosmos vorkämpfen wollte. Sie wischte nach rechts und hatte direkt ein Match. Komisch, dachte sie, ich habe doch noch gar kein Profil ausgefüllt.

Ihre Gedanken wurden vom Eintrudeln der Tram Richtung Warschauer Straße zumindest kurz unterbrochen. Sie erschrak fast. Hatte sie die Tram gar nicht kommen sehen? So vertieft war sie in die Gestaltung ihres neuen, virtuellen Spielzimmers. »Puh!« Sie beschloss, das Handy zurück in die Handtasche zu stecken und erst daheim wieder zu nutzen.

Wenig später klackte ein Schlüssel im Schloss und eine Hand suche durch den Türspalt den Lichtschalter. Die Energiesparlampe brauchte etwas Zeit, aus ihrem Dornröschenschlaf zu erwachen. Mit leichter Verzögerung legte das zunächst schwache Licht eine recht kleine, aber gemütliche Zweiraumwohnung frei. Die orange-braunen Lieblingsstiefeletten blieben im Eingangsbereich des kleinen Flurs, die Handtasche fand ihren Weg auf das liebevoll dekorierte Sofa, auf dem sie sogleich Platz nahm. Eine bessere Bühne für ihr Profilfoto konnte sie sich gar nicht ausdenken, aber sie sah trotz des schummrigen Lichtes müde und abgekämpft aus, was der Selfie-Modus im Handydisplay schonungslos aufdeckte.

Zugenommen hatte sie auch, seitdem sie vor acht Monaten unbedingt mit dem Rauchen aufhören musste. Sollte sie sich vielleicht doch lieber ohne Profilfoto durch das Tinder-Wunderland bewegen? Nicht, dass Tim sein Match direkt wieder auflösen wollte, wenn man sie auf den Bildern erkannte. Sie bemerkte, wie ihr Selbstwertgefühl mit jedem Gedankengang weiter und weiter in den Keller rutschte. Ein Teufelskreis würde sie erwarten, sie konnte noch aussteigen, bevor sie einstieg. Doch sogleich suchte sie in ihren Fotos nach einem passenden Bild, das Tim ansprechen könnte. Und, wer hätte es gedacht, sie wurde schnell fündig.

Der Urlaub in Spanien mit ihrem Ex-Freund erlaubte damals noch viel Strahlkraft in ihren Augen. Die Sonne tat ihren Dienst und der Sangria ebenso. Das war jetzt schon mehr als zwei Jahre her. Damals schlicht sich die Saat des Teufels in ihr Leben ein und »Er« war geboren.

Seitdem hatte sich viel verändert, er hatte sich verändert, sie hatte sich verändert. Letzten Endes hatten sie sich nicht mehr wiedererkannt, sich nichts mehr zu sagen, sich gar nicht mehr gesehen. Sie hatten sich nicht einmal morgens begrüßt oder verabschiedet oder über den Tag verteilt irgendwelche Liebesbekundungen ausgetauscht, nicht einmal via Handy App, keine Emoji mit Kussmund, keine Emoji mit roten Wangen, irgendwann nicht einmal mehr den Daumen hoch. Dann war er einfach weg, auch wenn er in Gedanken noch da war: erst oft, dann nur gelegentlich, dann nicht mehr so sehr. Aber eigentlich konnte sie sich an sein Gesicht schon lange nicht mehr erinnern, nur an das Gefühl, nicht allein sein zu müssen.

Damals war sie auch einsam, aber jetzt bestimmte Einsamkeit ihr Leben. Und es gab diese Momente, auch nach allem, was passiert war, dass sie die Stille weniger aushalten konnte als den Schmerz, den »Er« ihr zugefügt hatte. Sie hatte sich nie geritzt oder so, aber sie war auch nie wirklich mit sich zufrieden gewesen. In schlimmen Momenten hatte sie die Gedanken mit dem Rascheln aus einer kleinen Papp-schachtel und dem *Klick-Klack* eines Feuerzeuges übertönen können und sich anschließend in einer Rauchwolke vor sich selbst versteckt. Sie war keine Genussraucherin gewesen. Nein, sie hatte den Geruch als Kind nicht ausstehen können. Aber Thomas hatte geraucht, und dann hatte sie eben auch angefangen.

Klick-Klack, auch als Thomas gar nicht mehr da war. Dann erzählte ihr eine Arbeitskollegin von den schlimmen Kon-sequenzen. Ihre Mutter gesellte sich in Gedanken dazu. Und war nicht ihr Onkel an Lungenkrebs verstorben? Zu-dem durfte im Büro nicht geraucht werden. Sie musste im-mer drei Treppen herunterlaufen und stand dann meist al-lein im kalten Schatten des mehrstöckigen Versicherungs-gebäudes, in dem sie nun arbeitete.

Das wurde ihr mit all den Gedanken in ihrem Kopf irgend-wann so sehr zur Last, dass sie einen Arzt aufsuchte, der ihr dringlich empfahl, das Rascheln ganz sein zu lassen und ihre Gedankengänge mit professionellen Gesprächen zu übertönen. Das kam für sie in dem Moment nicht mehr in Frage. Das wäre eine Art Schuldeingeständnis gewesen. Im-merhin war Thomas derjenige, welcher das Problem hatte, nicht sie, oder? Um es sich selbst zu beweisen, hatte sie den blauen Dunst selbst bezwungen: Bewaffnet mit guten Sprü-chen, Coaching-Videos, Nikotinpflastern und letzten Endes mit Leckereien aus der Konditorabteilung des nahegelege-nen Discounters.

Beim fünften Anlauf ging diese Strategie auf. Das war jetzt fast ein Dreivierteljahr her, da war sie acht Kilo leichter, vielleicht mehr. Irgendwann hatte sie selbst den Gang zur Waage nicht mehr geschafft. Sie hatte sich in den heimischen vier Wänden versteckt und alles in Frage gestellt. Zum Glück war das nur ein kurzer Moment. Eigentlich war sie stark.

Und deswegen war sie jetzt auch stark genug, ein Foto aus ihrem schönsten Urlaub seit Jahren zu posten, Thomas an ihrer Seite wegzuschneiden und stattdessen etwas Weichzeichner hinzuzufügen. So gefiel sie sich – irgendwie. All diese Erinnerungen, all diese Gedanken. So hatte sie fast vergessen, ihren Mantel auszuziehen. Ihr wurde etwas warm und so schälte sie sich, weiterhin gedankenverloren und sitzend, aus dem Mantel, den sie einfach über den Stuhl warf, der nahe der *Friheten*-Couch stand. All ihre Aufmerksamkeit galt nun dem Ausfüllen ihres Profils, damit ihr bloß kein Fehler unterlief. Das Foto war bereits hochgeladen und wirkte auf sie sehr entspannt, ausgelassen, sympathisch und absolut nicht angestrengt und nachdenklich. Dazu wollte sie jetzt den passenden Profiltext erfinden.

»Genieße das Leben, genieße den Tag … so, als könne es dein letzter sein.« Ach nein, so etwas klang viel zu pathetisch.

Sie löschte den Text wieder und entschied sich für einen Sinnspruch, den sie in Teenagertagen schon für gut befunden hatte:»Nutze den Tag!« Das passte jetzt, und das passte irgendwie immer und sollte fürs Erste reichen.

Ihr Magen machte sich bemerkbar, und ihr fiel ein, dass sie noch gar nicht zu Abend gegessen hatte. Sie legte ihr Handy auf den Wohnzimmertisch und erhob sich. Auf dem Weg zur Küche nahm sie in einem Schwung den Mantel vom Stuhl und hängte ihn ordnungsgemäß an den Kleiderhaken im Flur. Ihre Lieblingsdesignerhandtasche stellte sie direkt darunter ab.

Nach einiger Zeit schon füllte ein angenehm süßlich-scharfer Geruch die kleine Wohnung. Das Brutzeln des Erbseneintopfs verbreitete zudem eine wohlige Atmosphäre, die an ihre Kindheit erinnerte. Sie öffnete den Kühlschrank und nahm sich eine Coke-light-Dose zur Hand, zögerte kurz und stellte sie wieder zurück. Sie nahm stattdessen den seit vier Tagen offenstehenden Weißwein aus der Kühlschranktür und dazu passend ein Rotweinglas aus dem Hängeschränkchen über der Spüle. Das darf sie heute, es gab doch etwas zu feiern: Ein wichtiger Schritt in ihre Zukunft, vielleicht eine gemeinsame Zukunft, vielleicht sogar mit Tim.

Vielleicht sollte sie schauen, ob er sich schon zu ihrem Foto geäußert hatte. Als sie den Wein und das Glas auf dem Wohnzimmertisch abstellte, wagte sie den Blick aufs Handy. Doch bisher zeigte es keine neuen Mitteilungen an.

Sicherlich war jetzt halb Berlin mit der Zubereitung des Abendessens beschäftigt und würde sich gleich vor dem Fernseher einfinden, um die Tagesschau zu verfolgen oder das Netflix-Abo zu nutzen.

Genug Zeit den Eintopf zum Wein dazugesellen zu lassen und noch eine Schrippe vom Bäcker, mit etwas Frischkäse beschmiert und Kresse verziert, auf einem Designerteller ihres Lieblingsmöbelhauses liebevoll arrangiert dazuzulegen. Gerade als sie zum zweiten Mal genüsslich ihre Zähne durch den üppigen weißen Frischkäseberg zog und ein Stück Brötchen im Mund vergrub, blinkte ihr Handy auf. Sie hatte zwei Mitteilungen bekommen. Leicht angespannt legte sie die angebissene Brötchenhälfte zur Seite und wischte mit einem Geschirrhandtuch oberflächlich die Krümel von ihren Händen ab, um sogleich nach der blinkenden Wunderbox zu greifen. Und tatsächlich, beide Nachrichten waren der Dating-App zuzuschreiben, aber nicht Tim hatte sich gemeldet, sondern Lucien.

Der hatte ihr Profil *geliked* und direkt eine Nachricht hinterlassen. Kurz und knapp, aber diese bohrte sich ins Herz: »Du bist hübsch, ich würde dich gern kennenlernen!«

»Wow!« Dass ein Zurechtstutzen ihrer Vergangenheit so schnell Erfolg versprechen würde, hatte sie nicht gedacht. Aber ganz ruhig, erst einmal sollte sie Luciens Profiltext durchlesen und natürlich seine Bilder anschauen. Sie entschied sich zunächst für Letzteres, das Auge isst ja bekanntlich auch mit.

Sie staunte nicht schlecht.

II

Lucien war ein Traum mit rehbraunen Augen, vollem, dunklem Haar, kein Anzeichen von Adipösität, nicht einmal entfernt. Zumindest konnte sie dies anhand des ersten Fotos ausmachen, das offensichtlich einem Cluburlaub in einem südlichen Land entsprang. Dort stand er mit einem Cocktail in der Hand in Shorts, Flipflops und lässigem Muskelshirt einfach nur da. Ein breites Grinsen zierte sein Gesicht. Sie ließ sich in seinen rehbraunen Augen noch mehr verlieren.

»Ganz ehrlich, der interessiert sich für mich?« Hörte sie sich in Gedanken zweifeln. Der könnte jede haben, selbst Topmodels. Der ist bestimmt irre eingebildet oder sucht nur Spaß und übernimmt keine Verantwortung. Doch ein kleines Fünkchen Romantik kämpfte sich wacker seinen Weg in ihr Selbstbewusstsein, und so scrollte sie durch die anderen Fotos. Lucien war offensichtlich auch tierlieb und knuddelte auf einem Foto mit einem Golden Retriever, der dies gern erwiderte. Auf dem nächsten zeigte sich Lucien im grauen Designeranzug mit braunem Tuch in der Brusttasche und zwei anderen gutaussehenden, durchtrainierten Typen im Arm. Wieder bestach er durch sein Lächeln, was sie unweigerlich in den Bann zog.

»Volltreffer!«, dachte sie und im selben Moment kamen Zweifeln auf: War ich dafür schon bereit? War »Er« wirklich weg? Würde »Er« sie endlich in Ruhe lassen? Sie verwarf den Gedanken schnell wieder. Sie kannte das, sie würde sich wieder im Kreis drehen – wieder und wieder. Warum nicht einmal etwas riskieren? Was hatte sie zu verlieren? Und wenn sie enttäuscht werden würde? Und wenn schon, dann hatte sie es wenigstens versucht. Nein, das war weniger ein Problem, sondern vielleicht ihre große Chance. Eine, die nie wiederkommt – so wie im Film.

Vielleicht mochte Lucien die Modelfrauen gar nicht mehr, weil sie ihm zu oberflächlich waren, weil sie sich nicht in seine Welt hineinfinden konnten. Vielleicht verstanden sie seine Liebe zu seinem Hund nicht und vielleicht waren sie sogar gegen Hundehaare allergisch. War sie gegen Hundehaare allergisch? Das wusste sie gar nicht so genau, aber soweit sie sich erinnern konnte, hatte sie nie Probleme mit Hunden gehabt. Hunde sind treue Seelen, treue, liebevolle Begleiter. Sie sind anders als Menschen. Aber Menschen, die Hunde mögen, können keine schlechten Menschen sein.

Was war also Luciens Problem? Warum hatte so ein Traummann noch keine Traumfrau gefunden? Weil er vielleicht doch viel feinfühliger war, als man es nach seinem Äußeren erwarten würde? Weil er missverstanden wurde? Weil auch er enttäuscht wurde, so wie sie? Eine verlorene Seele, so wie sie? Vielleicht könnten sie sich in endlosen weingeschwängerten Gesprächen verheddern und dann nebeneinander auf dem Sofa kuschelnd einschlafen. Ein Hauch von Entspannung blitzte in ihrem Gesicht auf.

In ihrer Gedankenwelt ging das noch besser! Wie wäre das: Einen Moment zuvor hatten sie sich tief in die Augen geschaut und verloren sich dann in einer Welt, in der es kein Leid gab, sondern nur Miteinander, Füreinander und pure Leidenschaft. Ja, sie hatte sich schon lange nach leidenschaftlichem Sex gesehnt! Nicht so wie mit Thomas. Da herrschte mehr Frust als Lust, mehr Mittel zum Zweck der

Familienplanung, die dann doch niemals stattfinden sollte. Vielleicht war es besser so, nein, sie korrigierte sich, bestimmt war es besser so, sonst wäre ihr Lucien wohl nie über den Weg gelaufen. Und was nun? Sie löste sich einen Moment aus seinem Bann. Ihre Augen entfernten sich kurz vom Bildschirm und suchten nach dem Suppenlöffel im Eintopf. Oje, hatte sie so lange in der Onlinewunderwelt verbracht? Nun wollte sie mithilfe der Mikrowelle dem Erbseneintopf eine zweite Chance auf geschmackliche Entfaltung geben und ging in die Küche.

Das Küchengerät beendete den Wiederbelebungsversuch mit einem eindringlichen Ping, der sie aus den Gedanken riss. Als sie etwas zögerlich den Schalter eindrückte, um die Tür zu öffnen, kam ihr ein Schwall grauer Rauch entgegen, der sich schnell in der kleinen Küche verteilte. Sie musste versehentlich die falsche Garzeit eingestellt haben. Und ehe sie sich das erste Mal husten sah, eilte sie Richtung Küchenfenster, welches ihr mit einem kalten Schlag Luft den lästigen Smog aus dem Hals zaubern helfen sollte.

Irgendwie hatte sie gerade keinen Hunger mehr. Vielleicht sollte sie dies nutzen und grundsätzlich eine Diät beginnen. Vielleicht war das die Motivation, auf die sie so lange gewartet hatte. Denn … wie wäre es, wenn sie ihrem Traummann mit einem Traumkörper begegnen würde? Vielleicht nicht mit Modelmaßen – aber gerne mit einer Figur, mit der sie sich beim ersten Treffen nicht schämen müsste.

Sie hielt an dem Gedanken fest und gab in ihrem peinlich reinlichen, kleinen Badezimmer den Erbseneintopf ins Klo. In dem Moment, als sie die Spülung betätigte, war ihr, als würde ihr Handy rufen. Sie eilte ins Wohnzimmer und tatsächlich gab es eine weitere Antwort von Lucien. Sie atmete hastig und versuchte, den Schock mit einem tiefen Schluck Wein zu verdauen.

Mit leicht zittrigen Händen tastete sie nach dem Handy und entfernte erst beim dritten Anlauf die Bildschirmsperre, sodass sie seine Nachricht lesen konnte.

»Hi, ich noch einmal. Smiley. Sorry, passiert mir eigentlich nie, aber ich bin echt total angetan von dir und hoffe nicht, dass du durch meine direkte Art abgeschreckt bist. Also, ich würde mich freuen, wenn du dich meldest. Ich warte auch ab jetzt geduldig. Smiley.«

Oje, was sollte sie tun? Sie musste antworten! Sie musste schnell antworten! Aber wie? Sie hatte doch keine Tinder-Erfahrung und wollte ihn nicht mit einer falsch gedeuteten Antwort verprellen. Das durfte auf keinen Fall passieren! Hatte sie noch die Zeit, ihre Freundin einzubinden? Nein, er könnte gerade jetzt schon mit Nachrichten von den Models befeuert worden sein und sich in diesen Sekunden in einer innigen Unterhaltung befinden und sie schon längst vergessen haben – einzig und allein, weil sie ihm durch das Nicht-Antworten das Gefühl gegeben hätte, dass sie kein Interesse an ihm habe. Es wäre einzig und allein ihre Schuld. Die Idee der Dringlichkeit traf sie wie ein Blitz ins Herz, das nun zu beben begann.

Okay, okay, okay. Reiß dich zusammen! Du bist eloquent, schlau und kein Teenie mehr. Du beherrschst die deutsche Rechtschreibung besser als 60 Prozent auf dieser Plattform und hast in der 10. Klasse für deinen Aufsatz sogar ein Extralob von der Klassenlehrerin bekommen. Du kannst das. Konzentriere dich! Was willst du? Er soll dich mögen. Er soll in seiner Theorie bestätigt werden. Er soll dich noch mehr mögen. Aber Männer wollen spielen. Sie wollen eine Trophäe, die sie sonst nicht so leicht bekämen. Also nicht zu überstürzt agieren. Aber Interesse solltest du schon zeigen. Leg ihm nicht schon dein Herz zu Füßen und erzähl ihm von deinen Fantasien, deinem Schmerz, deinem Trauma, sondern lass ihn etwas, ein klitzekleines bisschen zappeln. Du bist es wert! Genau, du bist es wert! Nach alldem hast du es dir mehr als verdient! Okay.

Sie holte nochmals tief Luft, sodass sich ihr Atem fast überschlug. Ich mach`s, beschloss sie endgültig und begann zu tippen: »Hi! Smiley! Schön, von dir zu lesen. Smiley. Wie geht`s dir? Was machst du so? Sonne, Smiley.«

Das musste fürs Erste reichen. Jetzt hatte er etwas Raum, über sich zu erzählen, und im selben Moment bemerkt, dass sie Interesse hat. Puh, gerade noch rechtzeitig, bevor sich die anderen Mädels auf ihn stürzen konnten.

Ihr Herzschlag beruhigte sich. Aber im selben Moment war an Ausruhen nicht zu denken, denn der nächste Gedankengang hatte sie schon ereilt: War das schon zu viel mit den Emojis? Hatte sie ihn schon zu weit in ihre Seele blicken lassen? Setzte sie ihn mit den Fragen zu sehr unter Druck? Was würde… Wieder blitzte das Handy auf: Lucien. Ihr Zeigefinger bahnte sich millisekundenschnell den Weg in seine Nachricht.

»Ah, total schön von dir zu lesen. Ich hatte schon Angst, dass du mich nicht magst. Smiley. Und total lieb, dass du fragst. Mir geht es jetzt(!) super. Smiley. Ich bin grad daheim, endlich mal. Hab ich mir verdieht. Viel zu tun für die Arbeit. Freu mich aber über Ablenkung. Und darf ich dir ein Kompliment machen, du siehst einfach zauberhaft aus, wenn du lachst. Smiley. Das flasht mich total. Habe ich hier so noch nie gesehen. Ehrlich! Toll! Smiley. Magst du mich auch? Smiley. Ich hoffe das so sehr! Betende Hände.«

Ihr stockte der Atem, aber sie fing sich kurze Zeit später und löste ihre vor Anspannung zusammengepressten Lippen und bereitete einen langen, schweren Atmer vor. Ihr Blick fixierte die Decke der kleinen Wohnung, und sie stieß einen lauten Seufzer aus. Ihre Mundwinkel verformten sich unweigerlich nach oben, ihre Augen funkelten. Aus dem Seufzer wurde ein leicht gehauchtes »Ja!«, das im zweiten Atemzug an Kraft gewann. Doch keine Zeit verlieren. Lucien wartete daheim auf etwas Abwechslung, der Arme!

»Du Armer!« Das Texten ging ihr schon merklich leichter von der Hand. »Ich hoffe, dass du nicht zu viel Stress hast. Gekreuzte Finger. Und wenn ich dich ablenken soll, dann will ich das gern versuchen. Smiley. Und wenn du nicht arbeitest, was tust du dann? Was hast du für Hobbies?« Sie hatte nicht einmal Zeit sich über das Geschriebene Gedanken zu machen, da leuchtet erneut ihr Handy auf. »Oh, ich find dich echt total hübsch. Herzchen. Smiley.« Und nochmal »Du bist total mein Typ. Smiley. Tolle Frau. Rose. Rose. Rose.« Okay, er ging ganz schön ran. Hatte er ihre Mail wirklich gelesen? Er hatte keine der Fragen beantwortet.

War er so beschäftigt, dass er nur flüchtig auf sein Handy schauen konnte? Oder war er sogar so verliebt, dass er solche Gedankengänge einfach loswerden musste? Beides wäre schon okay. Er hatte sicherlich viel Stress. Wahrscheinlich war er ein erfolgreicher Businessmann, die hatten immer viel Stress, sahen super aus und konnten ihr Leben dennoch gar nicht genießen. Vielleicht war das auch der Grund, warum er seine große Liebe auf eben solch einer Plattform suchte. Die Business-Mäuschen langweilten ihn vielleicht, auch wenn sie Size Zero hatten, Lebenserfahrung, Einfühlungsvermögen und wahre Liebe standen halt nicht auf ihrer Agenda. Und das war es, was er offensichtlich dringlich vermisste.

Das war es, was sie dringlich vermisste: Nach all den seelischen Schmerzen, die »Er« ihr zugefügt hatte, sehnte sie sich nach einer Schulter zum Anlehnen, einer treuen Seele, die ihr die Chance gäbe, sie zu lieben. Sie hatte sooo viel Liebe zu geben. Sie wollte lediglich eine Chance. War das diese Chance? Ihr Handy blitzte wieder auf und unterbrach sie bei dem Gedanken. »Hey! Alles gut bei dir? Smiley.« Er hatte noch nicht auf ihre Frage...

»Ich mag Spaziergänge im Sonnenlicht oder direkt am Meer. Dazu ein kühles Getränk, *Sex on the Beach*. Lol. Ein gemeinsames Picknick am Strand find ich viel besser. Zwinker-Smiley. Ich lese gern, auch wenn man es mir nicht ansieht. Was liest du gern? Und wo gehen wir beide spazieren? Hast du Lust??? Rose. Herz.«

Was für eine Frage? Klar hatte sie Lust, wobei sie auch etwas irritiert war. Das ging schnell. Geht das immer so schnell? Ist das die typische Tinder-Nummer: Schnell treffen, schnell quatschen und direkt ins Bett? War das so? Aber warum dann all die Herzchen und Emotionen? Waren die nur erlogen und Mittel zum Zweck? Aber sie spürte diese Emotionen ja auch und hatte jetzt eben auch unbändige Lust auf einen Spaziergang. Vielleicht hatte sie einfach einen Gleichgesinnten gefunden, jemand, der wie sie enttäuscht wurde und noch so viel Liebe zu geben hatte.

Das Handy blitzte wieder auf. »Doofe Idee? Magst du mich noch? Rose. Rose.« Sie musste schnell antworten und schrie es beinahe in ihr Handy rein. »Na klar. Tolle Idee. Würde total gern am Strand mit dir spazieren gehen. Smiley mit roten Wangen.« Und dieses Mal fügte sie noch schnell hinzu. »Was machst du hier? Du siehst nicht so aus, dass du eine Plattform wie diese wirklich nötig hättest ... Nachdenklicher Smiley.«

Irgendwas war noch. Was wollte sie denn noch? Ach ja, ihre Freundin anfunken. Sich Tipps einholen. Aber musste sie das jetzt noch? Es lief ja wie am Schnürchen. Sie könnte höchstens ihr Glück mit ihr teilen.

Das Handy meldete sich zurück: »Hast du Lust auf was Verrücktes? Smiley. Zwinker-Smiley.« Wow, das ging Schlag auf Schlag. Bloß nicht naiv in etwas reinstürzen. Nein, das tat sie auf keinen Fall. Aber Lust zu erkunden, wie verrückt das jetzt alles war, hatte sie schon. War das naiv? Was wäre, wenn sie noch einmal verletzt werden würde. Die Narben, die »Er« ihr zugefügt hatte, waren noch nicht verheilt. Sie schreckte kurz zurück. Sie wollte nicht noch einmal verletzt werden. Den Schmerz konnte sie nicht noch einmal ertragen. Das Handy meldete sich. »???« und »Bist du noch da? Smiley.« Ja, klar war sie noch da. Und irgendwie wäre es auch unhöflich sich nicht zu melden. Das war nicht ihre Art. »Was planst du denn Verrücktes? Zwinker-Smiley.«

Jetzt blieb das Handy still. Was war geschehen? Hatte sie einen wunden Punkt angesprochen, oder war er abgelenkt? Er war sicherlich nur abgelenkt, aber was konnte wichtiger sein als sie. Vermutlich alles. Ihre Selbstzweifel beschleunigten noch einmal ihre schmerzhafte Achterbahnfahrt – und zwar geballt. Es schmerzte sie, ihr Magen krampfte kurz
26

zusammen und verlangte nach Chips und Schokolade. Ihre Hand griff stattdessen zum Weinglas, doch das war leer.

Sie erhob sich und trat den Weg Richtung Kühlschrank an, um das Glas aufzufüllen. Sie wartete nicht ab, bis sie sich wieder auf dem Sofa eingefunden hatte, sondern nahm den ersten Schluck noch an der Kühlschranktür lehnend ein.

Ein kurzer Durchatmer, du bist verrückt, was soll das? Was ist mit dir? Und schon blinkte das Handy wieder auf. »Wollen wir uns treffen. Also ganz spontan jetzt in einem Café? Smiley mit roten Wangen, gekreuzte Finger.«

Sie zögerte eine Sekunde. Wieder blinkte das Handy: »Hey, das ist nicht meine Art, echt nicht – aber ich hab das unbändige Gefühl, dass ich dich kennenlernen will – du löst was in mir aus, was ich lange nicht mehr hatte. Smiley. Smiley. Smiley.« Und wieder: »Keine Angst, gern in einem Café bei dir um die Ecke, ganz neutral, dann kannst du schnell wieder fliehen, falls ich doof bin. Zwinker-Smiley.«

Puh, das ging wirklich schnell – oder? War das zu schnell? War das ihre Art? Aber was sollte schon geschehen? Sie konnte jederzeit fliehen. Berlin war um diese Uhrzeit noch voll mit Menschen, gerade in ihrem Kiez.

Vielleicht würde sie das kleine Café nahe der Grünberger vorschlagen, da war sie schon oft mit ihrer Arbeitskollegin, das war zwei Tramstationen entfernt und sie hatten sicherlich noch bis 21 Uhr geöffnet, also ideal für ein erstes, kurzes Kennenlernen. Mit einem Blick auf die Uhr tippte sie »Ok, 19:00 im Café Grün, wenn du magst... Smiley mit roten Wangen.« in ihr Handy.

Das verschaffte ihr 30 Minuten Luft, sich vor dem Badezimmerspiegel dank eines akribisch ausgefeilten Schmink-Tutorial-Wissens in eine lebensfrohe, selbstbewusste, bunte Thirty Something zu verwandeln. »Das ist in F'Hain, richtig?« schnellte es direkt zurück. Eine kurze Sekunde der Unsicherheit, ob das eine gute Idee war, wurde, wie alle anderen negativen Gedanken, im Smiley-Gewitter ausgelöscht und mit einem: »Deal!« finalisiert.

Es war beschlossen, ihr Countdown lief. Sie schreckte kurz hoch, ihr war fast, als würde ihr die Kehle zusammengeschnürt, und sie rang nach Luft. Ihre Hände waren feucht, von ihrer Stirn rann ein Tropfen Schweiß, sie roch schlimm und verschwand im Bad.

Es hatte nun doch 15 Minuten gedauert, bis sie halbwegs mit sich zufrieden war und dann wieder nicht. Und dann war sie kurz davor, das Date doch noch abzublasen. Doch halt! Dieses Mal würde sie nicht einfach einknicken und ihrer selbstmitleidigen Art nachgeben. Dieses Mal würde sie angreifen! Schnell noch ein neues Kleid übergeworfen, das schöne dunkelblaue mit den weißen Blumenreliefs und dem tiefen Ausschnitt. Darin mochte sie sich, zumindest manchmal.

Es vergingen fünf weitere Minuten, die sie nicht mehr einholen konnte, und sie stürzte in den Flur, um ihren Mantel vom Haken zu zwingen. Sie stolperte dabei fast über ihre sorgfältig geordneten Stiefeletten. Stattdessen verhakte sie sich in den langen Tragegurten ihrer Lieblingshandtasche, die sich sonst in einem akribisch genauen Abstand von 20 Zentimetern mit den Schuhen befand und ihr immer schützend zur Seite stand. Doch nun verkörperte diese auf fast groteske Weise Marleens inneres Chaos: Die schützende Hand der Ordnung war außer Rand und Band geraten und hatte ausgeholt und mit einer Backpfeife den gesamten Inhalt der Tasche weit über den Flur verstreut.

Sie stöhnte kurz, aber fasste im nächsten Moment den klaren Gedanken, trotz allem nun das Haus zu verlassen. Das tat sie eigentlich nur, um zur Arbeit zu gelangen. Denn vor dem *da draußen* war ihr bange. Seit damals, seitdem »Er« in ihr Leben drang, saß ihr eine tiefe Angst in den Gliedern, die sie vielleicht eines Tages erschlagen würde.

Aber nun kämpfte sie sich aus ihrem Elfenbeinturm und war gewillt den Siegeszug anzutreten. Raus aus der Unsicherheit, rein in ein Happy End. Und das lag bestimmt nicht zwischen diesen abbröckelnden Mauern eines in die Jahre gekommenen Gründerzeithauses. Das wusste sie spätestens seit den vielen tiefschürfenden wöchentlichen Gesprächen, die ihr einen Weg zurück ins Leben zeigen sollten.

So verließ sie das Haus Richtung Tramstation, während ihr ein leichter Regen ins Gesicht wehte. Ihr fiel dieses Mal nicht so sehr auf, dass diese Stadt stank: nach Verkehr, nach Zigarettendunst, nach Schweiß, nach vergorenem Quark, viel zu oft nach Auswurf und an fast jeder Ecke nach Urin. Die Stadt war krank und drohte jederzeit vor ihr zusammenzubrechen. Das Gespür dafür hatte sie immerhin kurzzeitig verloren.

III

Nach zwei Stationen und 12-minütiger Verspätung war sie endlich durch die Tür in die schützende Obhut des Cafés gelangt. Und trotz der Verspätung überkam sie ein kurzer Moment, indem sie stolz ihren Kopf hob und sich umschaute. Sie hatte all ihren Mut zusammengenommen und das Haus verlassen. Ob jemand realisiert hatte, dass sie ihren Feldzug wirklich angetreten war? Mit geschwollener Brust war sie bereit, jede versäumte Minute mit einer Tasse heißer Schokolade zu entschuldigen. Die war nämlich fantastisch hier. Das würde ihn mindestens besänftigen, falls er überhaupt ihre Unpünktlichkeit in all der Romantik bemerkte.

Aber offensichtlich lag es an ihm, diese Tasse zu bezahlen und ihre gleich mit. Wo war er? Außer einem sich verliebt Küsse austauschenden Pärchens, zwei Frauen mit Kindern im Vorschulalter, die lautstark ihr Unwohlsein über das Leben in der Metropole bekundeten, einer jungen Frau, die in ihrem Laptop versunken schien, und natürlich der Dame hinter dem Tresen, war niemand im Café zu sehen. Vielleicht war er kurz auf die Toilette gegangen, aber auch das schien sich nicht zu bestätigen. Es gab nur eine Toilette, aus der in diesem Moment ein Schulkind eilte, welches zum Tisch mit den zwei Frauen rannte. »Oh mein Gott. Hat er mich versetzt? Oder war er schon gegangen, da er dachte, ich hätte ihn versetzt?« Hallte es durch ihre Gedankengänge. Es lief ihr eiskalt den Rücken runter und die Magenkrämpfe meldeten sich wieder.

Die Dame hinterm Tresen fixierte sie und wies sie unterschwellig an, sich zu setzen. Wie ferngesteuert tat sie dies und fasste sich erst in dem Moment, als sie ihre Beine entspannen durfte.

Vielleicht war er aus einem anderen Stadtteil angereist, 15 Minuten Verspätung sind in dieser Stadt ja eigentlich normal. Was, wenn er eben Pech mit dem ÖPNV hatte? Da war bestimmt eine Bahn ausgefallen.

Durchatmen, Schokolade drauf und vor allem nach dem Wifi-Passwort fragen! Sie hatten keine Nummern ausgetauscht, das war ihr eigentlich ganz recht. Jetzt aber störte es sie ungemein. So hoffte sie, dass sie ein kurzes »Ich bin da.« absetzen konnte, was ihn nun schnellstmöglich erreichen sollte.

Das Anmeldeverfahren war ein Graus. Aber irgendwann schaffte sie es, in etwa zu der Zeit, als die heiße Schokolade ihren Tisch erreichte. Das roch nach Geborgenheit und entspannte sie wenigstens kurz, bis sie Tinder öffnete und mindestens fünf ungelesene Nachrichten in ihrer Postbox vorfand. Ihre Augen wurden groß und leicht wässrig. Zwischen betenden Händen und unglücklichen Smileys erkannte sie die Worte kaum. Sie schienen vor ihren Augen zu fliehen und verschwammen in den Nebelschwaden, mit der die heiße Schokolade auf sich aufmerksam machen wollte.

Er entschuldigte sich für sein Fernbleiben. Es sei ihm etwas extrem Wichtiges dazwischengekommen. Es ging um Leben und Tod. In einer besseren Welt wäre das nicht passiert, zumindest nicht jetzt. Zumindest nicht, wenn sie endlich mal, dem Glück zum Greifen nah, aufatmen durfte. Aber so war es halt. So war es immer. Das Glück hatte einfach keine Lust auf ihr bemitleidenswertes Leben und sich kurzerhand gegen sie verschworen. Sie musste dieses dumme Glück aufgeben, nur dann könne sie überleben, hörte sie sich in Gedanken verzweifeln.

Doch halt! In all dem Weltschmerz hatte sie eine wichtige Info überlesen. Wie war das noch gleich? »Ich mache das wieder gut!« Und ein »schnellstmöglich« folgte ebenso wie die Info, dass er ein ziemlicher Romantiker sei und er darauf bestünde, sie in ein teures Restaurant ausführe. Aber eben nicht jetzt, sondern schnellstmöglich, *asap*, beizeiten. Was war das für eine Zeitrechnung? Galt hier eine allgemeine Regelung? Was war das denn überhaupt? Welche Regeln hatte dieses Tinder-Spiel? Hätte sie sich doch die Verpackungsbeilage richtig durchlesen sollen? Aber alles ging so schnell, klang so gut, hatte auf Anhieb funktioniert. Brauchte man da überhaupt eine Einführung, oder war das affig?

Ihr fiel ihre Freundin wieder ein. Zuhause angekommen hätte sie Zeit, sich mit ihr in Verbindung zu setzen. Im Café wollte sie es vermeiden lauthals über ein gescheitertes Date zu sprechen. Sie überlegte, ob sie ihr kurz texten sollte, im Sinne von: Sie sei ihrem Ratschlag gefolgt und wäre ins Tinder-Universum gestartet, mit Erfolg oder Misserfolg, dazu müssten sie telefonieren. Sie würde sich dann melden, bestimmt heute noch.

Doch wieder riss sie ein Message-Blitz aus dem Gedankenspiel. Die Ablenkung nahm sie nur allzu gern an und versuchte einen Spagat, indem sie die linke Hand Richtung Schokolade ausstreckte und mit der rechten die Finger spitzte, um ihr Handy zu befrieden. »Er« hatte sich gemeldet und sie wurde blass. »Sie ist unheilbar krank.« In den folgenden Zeilen wurde klar, dass es sich um seine Schwester handeln musste, die offensichtlich an Krebs litt. Der

Arme! Er bräuchte jetzt viel Zuspruch und eine Stütze und wisse nicht, ob er sie damit belasten könne. Andererseits fühle er sich ihr verbunden und er wäre ein letzter Verfechter von Ehrlichkeit. Sie solle sich melden, wenn sie daheim sei, und er freue sich auf sie, Rose, Rose, Rose.

»Ist das alles?« dachte sie. »Alles gut? Aus Bad End wird im Handumdrehen Happy End? Knall auf Fall?« So schnell ging das also. Zu schnell für sie? Sie war verwirrt, aber auch erleichtert und entschloss sich dazu, die Blinke-Box wenigstens für ein paar Minuten in ihrer Handtasche zu verstauen und nun wenigstens die schon seit mehreren Minuten um Aufmerksamkeit bettelnde Schokolade von ihrer Ungewissheit zu befreien.

IV

Es waren wohl weitere 22 Minuten vergangen, bis sich die Dame an der Theke für das üppige Trinkgeld bedankte. *Da draußen* hatte sich der leichte Regen etwas beruhigt, und der Weg zur Tramstation war frei. Die Züge fuhren zu dieser Uhrzeit noch sehr regelmäßig, das wusste sie, da sie auch für kurze Strecken, unabhängig vom Berliner Wetter, lieber die Straßenbahn nutzte. Da war ihr wohler. Und obwohl sie doch selten das Haus verließ, kannte sie den Fahrplan fast auswendig.

Es dämmerte bereits, und im freien Raum dem Zwielicht ausgesetzt zu sein machte ihr nach wie vor Angst. Irgendwie war man in Berlin ja nie allein auf der Straße. Das hatte sicherlich Vor- und Nachteile – für sie war es der blanke Horror. Sie fühlte sich angreifbar, einsam, allein gelassen. Selbst wenn ihrer Freundin der Kraftakt gelang, sie nach der Arbeit noch auf einen gemeinsamen Kaffee unweit ihrer Wohnung zu überreden, fühlte sie sich von der Welt *da draußen* erdrückt. Sie stand im Weg, wurde angebrüllt, beobachtet, angestarrt, und sie überkam dann eine leichte Übelkeit, welche erst verschwand, sobald sie die Tür ihrer kleinen Wohnung hinter sich verschlossen wusste. Hier hatte sie alles unter Kontrolle. Hier konnte sie ihn ins *Da draußen* verbannen, ihn ausschließen. Nur hier bekam sie genug Luft, um durchatmen zu können. So dachte sie.

Letzten Endes lag es aber nicht an dem Großstadtchaos, in dem sich täglich Millionen Menschen zurechtfinden mussten, im Gegenteil! Berlin hatte ihr Schicksal abwenden können. In der Anonymität der Großstadt war sie untergetaucht.

Aus dem *Damals* und damit aus der trügerischen Obhut der Dorfromantik war sie einfach verschwunden und hatte ihr soziales Umfeld *geghostet*. Sie hatte Freunde im Unklaren gelassen, sie verschont, ihre Probleme verschwiegen, obwohl sie sich nach Nähe sehnte. Doch manche Nähe war zu nah geworden, war destruktiv, hatte ein Opfer gefordert, hatte sie fast aufgefressen. Dann war sie geflohen. So etwas schaffte Distanz zu Vergangenem, zu schlimmen Erinnerungen, zu einer Welt des Schmerzes.

In Berlin passierte immer wieder etwas Neues, hier pulsierte der Zeitgeist, das Leben und die Erinnerung daran, dass man Leben für sich neu entdecken konnte und Neues wagen musste, um wieder Teil der Gesellschaft zu sein. Das war auch, was ihr ihre Psychologin damals einzutrichtern versuchte: Neues wagen, Altes hinter sich lassen. In Boxen sollte sie ihre Dämonen sperren und nur wenn es wirklich nicht anders ging, lediglich wohl portioniert wieder an die Luft und damit an sich, also in ihr Bewusstsein lassen. Das würde ihr helfen, neuen Mut zu fassen. Das würde helfen Vertrauen, zu haben – zu sich selbst und zu anderen Menschen.

Jetzt war also der Zeitpunkt gekommen, dass sie genug Selbstwert verspürte und wieder auf Entdeckungsreise gehen konnte. Zumindest war das häppchenweise und emotional richtig temperiert möglich. Man durfte sie nicht zwingen, man musste ihr die Zeit lassen, man musste sie so nehmen, wie sie war und wie sie zu diesem Zeitpunkt ihres Lebens sein konnte. Das war schon ein Quantensprung, mit dem wenige, ihr vertraute Menschen zu diesem Zeitpunkt gerechnet hätten. Das bewies, trotz allem oder gerade deswegen, dass sie eigentlich eine starke Persönlichkeit war.

Sie konnte also ein großes Stück weit stolz auf sich sein. Eben genau zu dem Zeitpunkt, als sie die Tram betrat und schon in wenigen Minuten in der vertrauensvollen Atmosphäre ihres kleinen Refugiums verschwunden sein würde. Das wäre vor ein paar Wochen noch völlig unmöglich gewesen. Und jetzt saß sie da. Sie verlor sich fast in den bunten Mustern der Tramsitze und fühlte einen leichten Anflug von Erschöpfung. Aber irgendwie überkam sie ein wohliges Gefühl, in dem halbvollen Straßenbahnwagon in der Masse unterzugehen und einfach ignoriert zu werden, wie alle anderen, die ebenso nur mit sich und ihrer selbst beschäftig waren.

Die Lichter der Großstadt reflektierten in den Regenperlen der großen Fensterfront, und irgendwie war dieses *da draußen* auf den Straßen Berlins doch ganz schön von einem trocknen, sicheren Fensterplatz zu beobachten. Sie schmiegte sich, fast ein »wohlig« in ihren Gedanken ertappend, in den Straßenbahnsitz. Zumindest war es ein Gefühl, welches sie jenseits ihrer Wohnung fast nicht mehr kannte.

Und sie erschrak. Was war das? Was war dieses Gefühl von Sicherheit? Was ließ sie darauf vertrauen, dass nicht doch irgendetwas auf sie lauerte und sie in ihrer Wohligkeit eingelullt, bereits mit einem tödlichen Plan umkreiste. Sie räusperte sich, dabei fiel ihr ihre Atmung auf, und binnen weniger Sekunden hechelte sie fast nach Luft. Wie konnte sie so naiv sein? Was wäre, wenn sie sich etwas vorgaukelte? Die Sicherheit war trügerisch, überall wo Lichter blitzten, Menschen sich anlächelten und Geschichten oder Musik austauschten, lauerte auch irgendwo etwas dämonisch Düsteres.

Unbeobachtet von ihrem naiven Blick bahnte auch *es* sich seinen Weg vom *da draußen* stattfindenden Chaos in Richtung Straßenbahn. Und sie wusste, dass *es* spätestens beim nächsten Zwischenstopp in die heile Welt der bunten Sitze einzudringen versuchte. Dann würde *es* sie in der Menge suchen, sie schnell ausfindig machen, in sie eindringen und wie ein Parasit von innen blutleer saugen.

Sie ertappte sich dabei, wie ihre Gedanken immer weiter in Todesfantasien abdrifteten: Ihre Pupillen würden nach hinten rollen, ihre Haut von einem weiß-grünlichen Schleier verdeckt werden und ihre Kehle zugeschnürt, keine Stimme für den rettenden Hilfeschrei findend. »Nie wieder!« So würde sie einfach leise und unbemerkt von den Augen der Großstadt ersticken. Sie würde langsam in ihrem leblosen Körper und in genau diesem Tramsitz zusammensacken und vielleicht Minuten oder vielleicht sogar erst Stunden später entdeckt werden.

Dann war alles umsonst gewesen. Dann hatte »Er« gewonnen! Würde sie dann endlich Ruhe finden? Oder würde ihre Seele auf die Streckbank gekettet und nach allen Regeln des Schmerzes gefordert werden. Zeit war nicht heilsam, Zeit war ein Werkzeug des Teufels. Und dieser drehte das Rad, durch das Stück für Stück, weiter und weiter, ganz langsam, aber bestimmt, ihre Gliedmaßen gegenläufig auseinandergezogen wurden.

Ihre Handknochen knackten, ebenso wie ihre Füße – sie spielte damit nervös und verkrampfte immer mehr in ihren rotierenden Bewegungsmustern. Sie war wie von Sinnen, losgelöst von der Welt um sie herum. Es beherrschte sie nur ein Gedanke: Es war ein Fluch, der ihr anhaftete, für immer, bis zum Ende. Und das war ihr Schicksal.

Dem ursprünglich wohligen Empfinden, folgte nun ein sich immer stärker in ihr Gehirn kämpfendes Gefühl der Übelkeit. Sie begann zu schwitzen und musste ihren leichten Schal etwas lockern, um weiterhin ausreichend Luft zu bekommen. Sie löste sich aus ihrem Sitz und rutschte nervös auf der Sitzkante herum. Sie fühlte sich plötzlich beobachtet. Jeder schien sie anzustarren. Doch schaute sie auf, wendeten sich ihre Augen schnell ab und verschworen sich im Wegucken darauf, sie im nächsten günstigen Moment mit ihrem eiskalten Blick niederzustarren. Sie drohte dann unter diesen Augenpaaren zerquetscht zu werden, langsam und quälend. Sie schrie innerlich auf. Sie spürte es deutlich: Blicke krochen in sie hinein. Aber wer oder was war das? Sie drehte ihren Kopf hin und her, kniff die Augen zusammen, um auch die Menschen in den hinteren Bereichen des Abteils zu fokussieren, aber niemand erwiderte ihren Blick.

Da war etwas anderes, etwas Böses, das die anderen zu leeren menschlichen Hüllen verkommen ließ und sich nun ihrer Seelen bediente. Sein einziger Sinn, sein einziger Zweck war es, sie im geeigneten Moment zu überrumpeln und in den Schlund der Hölle zu werfen, wo sie ein elendiges Dasein fristen müsste. Vor ihren Augen lief ein brutaler Horrorfilm. Sie erkannte sich schemenhaft in einem Berg von Organen, zerfressen von Maden; ihre Haut war verbrannt vom Höllenfeuer; ihre Seele, gefoltert, geschunden, unfähig sich zu wehren. Dieser Fleischberg war unfähig, menschliche Laute von sich zu geben, verdammt dazu, ewig hier zu wandeln, in Finsternis und in ständiger Angst, dass es kein Ende für sie gäbe.

Panik schlug wild um sich. Wie naiv konnte sie sein? Sie war hier nicht sicher! Sie ahnte, jemand oder etwas folgte ihr.

Und dieses *Etwas* saß bereits in der Bahn, war wohl mit ihr eingestiegen und drohte jetzt, ihren Kopf platzen zu lassen. Dieser drehte sich weiter nervös nach links und rechts, erst langsam, dann schneller, dann schien sie sich fast zu schütteln. Sie versuchte es abzuschütteln oder auszuschütteln, denn es überkam sie, dass es bereits einen Weg durch ihre Körperöffnungen gefunden hatte und sich rasend schnell, geleitet von ihren angepeitscht pochenden Blutbahnrhythmen, weiter Richtung Denkzentrum voran bewegte.

Sie spürte es genau, es war zu spät, um Widerstand zu leisten. Denn der Parasit grub sich immer tiefer in ihren Kopf ein. Ihr rationales Denken wurden bereits von allen Seiten angegriffen, stand im Kreuzfeuer mit dieser unbekannten dunklen Macht, deren einziger Zweck es schien, sie in ihren Bann zu ziehen und jeglichen Anflug von Rationalität zu verschlucken.

Es war geboren, um sie ins Chaos zu stürzen, ihre Orientierung aufzulösen und dann im Nirgendwo auszuspucken, eine leblose Hülle, ausgesaugt, tot. Ihr Blick scannte hastig das Abteil der Straßenbahn, wieder schien niemand Notiz davon zu nehmen, sie alle waren wohl bereits Teil des Plans. Dann plötzlich: Ein junger Typ schaut von seinem Handygame hoch, aber er ignorierte sie und musterte nur kurz einen anderen Mann, der eingestiegen war und widmete sich dann wieder seinem möglichen Highscore.

Auf einmal fiel ihr ihre Diagnose wieder ein. Verdacht auf eine *paranoide Persönlichkeitsstörung* kombiniert mit depressiven Episoden und einer *posttraumatischen Belastungsstörung*.

Das war damals niederschmetternd gewesen, hatte aber im selben Moment vieles leichter ertragen lassen. Endlich hatte sie eine Diagnose, die ihr half, alles etwas besser zu verstehen, sich und ihre Krankheit besser zu verstehen. Die Gewissheit half ihr, das zu akzeptieren, sich zu akzeptieren und motivierte sie sogar, wieder einen Weg in die Gesellschaft zu finden, den »Er« ihr versperrt hatte. Und so konnte sie zumindest ein kleines Stück *Normalität* zurückerobern.

Vielleicht war die Idee mit diesem Tinder gar nicht so schlecht. Und vielleicht war der Ausflug ins Café Grün doch zu überstürzt gewesen. Denn vielleicht hieß Tinder auch, dass man sich gar nicht im realen Leben sehen musste. Vielleicht hatte sie das in ihrer Naivität falsch verstanden. Vielleicht war das irgendwann möglich, wenn sie wieder normal sein durfte. Aber bis dahin war der sichere Raum des Digitalen vielleicht die beste Bühne für das Spiel, das sich Leben nannte.

Sie musste ihr Leben vor dem Leben *da draußen* schützen. Das erforderte halt etwas mehr Anstrengungen, als es andere, *normale* Menschen gewohnt waren. Auch wenn sich diese jetzt mit ihr den Platz in der Tram teilten, sie konnten nicht entfernt ihre Gedankenwelt teilen, weil sie vielleicht ihr Leben eher als Spielwiese verstanden und sich im Gegensatz zu ihr hier gedankenlos austoben konnten, auf einer Art Kinderspielplatz.

In diesem Bild fühlte sie sich wohl. Das erinnerte sie an ihre eigene Kindheit. Da hatte sie viel gelacht, viel ausprobiert, und da gab es eine Schaukel, und ihre Eltern und Freunde waren da. Der Gedanke verhalf ihr nun, etwas Anspannung zu verlieren. Die dunkle Macht hatte immerhin kurz von ihr abgelassen, und es fühlte sich so an, als sei die Übelkeit fast verschwunden. Sie sank etwas in ihren Sitz zurück, und auch ihr Kopf drehte sich weniger nervös nach links und rechts. Nochmal tief durchatmen, dann würde sie die Computerstimme auffordern auszusteigen. Dann war sie an ihrer Haltestation angekommen. Dann war der Weg zu ihrer Wohnung nicht mehr weit, und dann war sie endlich in Sicherheit. Alles war jetzt, in diesem Moment, davon abhängig, dass sie diesen kleinen Schritt noch machen müsse.

Die Tram hielt noch an einer roten Ampel, aber die rettende Station war von ihrem Platz aus schon sichtbar. Alles würde gut werden, zumindest dieses Mal. Die Dunkelheit, die noch kurz zuvor ihren Kopf übermannte und Gedanken zu zerquetschen drohte, zog sich zurück. Irgendwo in die dunklen Ritzen zwischen den Sitzen verkroch sie sich, schmollend, dass es ihr dieses Mal nicht gelungen war, sie zu überwältigen – dieses Mal.

Endlich leitete die Straßenbahn den Haltevorgang ein. Das kannte sie. Das Muster hatte sie oft geübt. Der Rest war Routine und wirkte fast natürlich, natürlich nur oberflächlich betrachtet. Eine gut inszenierte Maskerade für flüchtige Beobachter. Dieser Akt im bösen Spiel war ein hartes Stück Arbeit gewesen und hatte viel Überwindung gekostet. Daran erinnerte sie sich. Sie erinnerte sich an ihre eigene Stärke, dass sie schon so weit gekommen war. Das sie nun überwältigende Gefühl der Sicherheit ließ sie offensichtlich Superkräfte entwickeln, sie fühlte, wie Leben zurück in ihre Adern floss. Dennoch wollte sie nichts überstürzen, nicht schon wieder wollte sie sich zu früh in Sicherheit wiegen.

So erhob sie sich erst aus ihrem Sitz, als die Tram wirklich zu stehen kam, und ließ jedem den Vortritt, der bestmöglich versuchte, den Anschluss nicht zu verlieren. Sie folgte dem

Tross aus der engen Tram-Tür in Richtung *da draußen*. Sie hatte es wirklich bis hierhin geschafft. Doch auch in diesem euphorischen Moment, obwohl sie den Straßengeruch schon in der Nase hatte, krallte sich irgendetwas an ihre Schulter und bohrte sich in ihr Mark.

Ein Blick? Sie drehte sich nochmals um, aber niemand war mehr im Abteil. Sie war die Letzte, und ein penetrantes Piepen seitens der Tür forderte sie auf, diesen Gedankengang schnellstmöglich beiseitezuschieben und sich auf die Begehung des Straßenbelages, der im Dämmerlicht leicht nass schimmerte, vorzubereiten. Es roch nach Teer, verbrauchter Atemluft und etwas Ammoniak, aber sie hatte es bald geschafft. Ihre kleine Wohnung war nur wenige Blocks von der Tramstation entfernt. Sie war gewillt, den Fußmarsch anzutreten, entgegen dem, was auch immer sie zuvor davon mit aller Macht abhalten wollte.

Es ließ von ihr ab. Sie hatte es offenbar erfolgreich abschütteln können, sie hatte dieses Match für sich entschieden, so glaubte sie.

Dass es Teil des Plans war, kam ihr nicht in den Sinn.

V

Es machte endlich *klack,* und sie spürte beim Öffnen der Eingangstür einen Windstoß. Sie seufzte, denn sie erinnerte sich, dass sie im Eifer des Gefechts vergaß das Küchenfenster zu schließen. In Gedanken ging sie das Prozedere durch und würde es sogleich in die Tat umsetzen, doch zunächst schloss sie die Wohnungstür hinter sich und atmete tief ein. Sie hatte es geschafft!

All der Stress für eine dumme Spielerei im Liebesroulette des Teufels. War es das wert? Sie schälte sich aus dem Mantel, der recht eng anlag und an dem oberen Armabschluss, innenseits, leicht feucht war. Unter dem Haken platzierte sie mit fast ironisch anmutender Akribie ihre Stiefel. Alles hatte wieder seine Ordnung. Das Chaos war verbannt, fürs Erste. Aber da war noch etwas. Da war dieses Tinder, diese wahnsinnig fremde Welt mit all ihren fremden, wahnsinnigen Gesichtern und all diesen, ihr fremden Spielregeln. Wollte sie das? Sie hatte sich ins Chaos gewagt und hatte wieder diese unbändige Angst gespürt. Sie war noch nicht bereit.

 Sie wollte jetzt auch nicht mehr auf ihr Handy starren und sich weiter von fremden Mächten hinab in diesen Wahnsinn ziehen lassen. Sie wollte ihre Ruhe und vielleicht noch einen Schlag Himbeereis aus der Kühlung. Vielleicht war noch Zeit für eine Serie, irgendetwas, was ihr guttun würde und das Chaos in ihrem Kopf abschalten half. Ja, so würde sie ihren Abend verbringen, so und nicht anders! Auch ihre Freundin musste warten. Immerhin war es Linas dumme Idee gewesen. Sie würde nicht verstehen, was passiert war, was sich in ihren Kopf geschlichen hatte. Sie musste sich erst einmal sammeln. So lange, bis sie sich in der Lage fühlte, ihr alles erklären zu können, ohne von diesem dunklen Dämon daran gehindert zu werden. Aber die Zeit und das, was daran nagte, waren gegen sie.

Nachdem sie auf dem Sofa mehrfach weggesackt war, beschloss sie, entgegen ihrem natürlichen Impuls, die leeren Eisschachteln nicht noch fein säuberlich im Mülleimer unter der Küchenspüle zu entsorgen. Die Schale stellte sie in der Spüle ab, sie würde morgen genug Zeit haben sich darum zu kümmern. Sie würde nur kurz das Badezimmer aufsuchen, um sich rudimentär abzuschminken und die Zähne zu putzen. Ihr Kleid hatte sie schon zuvor ausgezogen, denn der nun leere 750-ml-Karton Himbeereis hatte ihr angezähltes Selbstwertgefühl weiter schrumpfen lassen. Der Zuckerkick hielt nur wenige Minuten vor, sie von ihrem leidigen Schicksal abzulenken.

Sie hatte sich in einen Jogger aus Plüsch gehüllt und in eine Decke geworfen, die sie nun einsam verwüstet auf dem Sofa zurückließ. Der Jogger schaffte es in ihr kleines Schlafzimmer, auf den kleinen Stuhl neben dem Bett, wo er gegen einen Pyjama aus rosafarbenem Samt eingetauscht wurde. Die Nachtischlampe erlosch nach einigen Minuten, aber diese Nacht fand sie kaum Schlaf. Ihr Ausflug und ihre Berührung mit dem *da draußen* hatten etwas in ihr ausgelöst und ihr Schicksal ins Rollen gebracht. Etwas, was verschollen war, drang mit voller Kraft wieder in ihre Welt ein.

War »Er« zurück? Sie war sich sicher, etwas hatte ihre Witterung aufgenommen und roch das Blut, welches durch ihre Adern pulsierte. Ihr war, als würde jeder Pulsschlag lauthals ihr Versteck verraten. Sie hatte keine Chance. Die Zeit hatte eine perfekte Waffe geschaffen. Sein Dasein war darauf ausgerichtet, sie zu finden. Es war ein Leichtes, angetrieben von dem unbändigen Drang, sich in dem roten Saft zu suhlen, der sich mühsam durch die Verästelungen und Verzweigungen in ihrem Körper pumpte. Nichts vermochte ihn davon abzulenken. Sein einziger Fokus galt allein ihr. »Er« war ihr bis hierhin gefolgt und wartete in einer dunklen Ecke, einem dunklen Spalt auf die passende Gelegenheit zuzuschlagen.

Ihre Gedanken rotierten auch noch in tiefer Nacht, aber vielleicht war sie doch kurz eingeschlafen. Sie fühlte sich wie gerädert, doch die Furcht ließ sie nicht entspannen. Was war, ihr stockte kurz der Atem, wenn er sich schon einen Weg in ihre Wohnung gekämpft hatte und nun vielleicht im Schrank oder unter ihrem Bett nur darauf lauerte, dass sie wieder einschlafen würde? Ehe sie den rettenden Lichtschalter fand, um ihre Horrorshow im Kopf auszuschalten, verkrampfte sie. »Es war zu spät. Er war bereits hier!« Ihr Atmen blieb über mehrere Sekunden stumm. Sie lag einfach steif da, ihre Lippen hatte sie fest aufeinandergepresst, als hätte das den Dämon noch aufhalten können. Keinen Atemzug tat sie, ihr Bauch verhielt sich starr, kein Absenken des Brustkorbs war zu vernehmen. »Zu spät!« Sollte sie recht behalten? Es war ungewohnt still, *totenstill*.

Ihr Körper löste sich leicht aus diesem Schockzustand. All ihre schwindende Kraft mobilisierend, nutzte sie dieses kurze Lockern der Gedankenfesseln und schreckte hoch. Sie wollte schreien, so laut, dass die Wände ihrer kleinen Wohnung in sich zusammenfallen würden. Doch kein einziger Ton drang aus ihrem Mund. Es fehlte die nötige Luft. Ein tiefer Atemzug riss sie zurück in ihr Kopfkissen. Sie drohte hier zerquetscht zu werden und wollte wieder hochschnellen, doch ihr Kopf lag wie ein riesiger bleierner

Fremdkörper auf ihren Schultern und hinderte sie an diesem Vorhaben.

Die Nacht war kurz, der Morgen gnadenlos, doch irgendwann gab ihr Körper den Tabletten nach. Eine doppelte Dosis musste es heute sein. Mit einem Glas Wasser, welches sie hastig in der Küche auffüllte, wollte sie ihren schrägen Gedanken entgegenwirken. Diese Hilfe war bitterlich von Nöten, und sie war offensichtlich erfolgreich. Sie schlief ein. Nicht tief und fest, nicht erholsam. Immer wieder schreckte sie auf, weil sie angeblich etwas gehört hatte, weil sie sich beobachtet fühlte, weil sie quälende Gedanken plagten, weil sie Alpträume hatte. Aber: Der Uhrzeiger hüpfte jedes Mal um 0,75 Grad weiter, erhaschte sie einen flüchtigen Blick. Auch die kleine Nachtischlampe vormochte zwar nur etwas Licht in die dunkle Dämonenwelt zu senden, half aber jedes Mal, dass Marleen sich bestätigt fühlte, dass alles nur Gedankenchaos war. Sie wollte stark sein, sie war stark, sie hatte so viel erreicht, sie wollte sich das nicht wieder kaputt machen lassen. So schlief sie erneut ein.

Als der Wecker um 8:15 aufschrie, fühlte sie sich wie gerädert. So wenig Schlaf hatte sie lange nicht bekommen. Ihre Augenringe gruben sich tief in ihre Haut hinein, und der Kontrast der dunkler Ränder zu ihrem blassen Gesicht ließ sie wie *tot* wirken. Alles, ihr gesamter Körper, war jetzt auf Ausnahmezustand getrimmt. Das war kein normaler Abend gewesen. Da war keine gruselige Serie, die sie noch Stunden später nicht hatte einschlafen lassen, weil die Fantasie ihr Schnippchen schlagen wollte. Nein, das war anders! Aber seltsam vertraut.

Ihr Körper erinnerte sich an eine Zeit, wo an Schlaf kaum zu denken war. Sie fürchtete sich damals vor der

46

Dunkelheit, der Einsamkeit und vor allem vor ihm, der sie auf Schritt und Tritt beobachtete. Jeder Tag war schon eine Qual, jede Nacht ein Martyrium. Doch Tabletten halfen. Eine helfende Hand hätte vieles erleichtert, aber Thomas war weg, ihre Mutter selbst ein seelisches Wrack. Freundinnen hatte sie nur noch wenige, da sich alles um diesen Dämon, um *ihn*, zu drehen schien. Sie fühlte sich schwer. Sie war einsam. Auch jetzt.

Eine überdimensional große Mauer aus Dunkelheit türmte sich vor ihr auf und drohte sie zu erdrücken, unaufhaltsam, Stück für Stück. Sie war wieder in diesem Teufelskreis gefangen, sie war verkrampft und unfähig, sich zu bewegen, starr vor Angst, starr vor Erinnerung an den Schmerz und so unfähig, die kleine Wohnung zu verlassen. Ihr Kopfgefühl übertrug sich komplett auf ihren Körper. Auch der füllte sich mit Blei. Ihre Augen schafften es kaum die Lichtblitze auszuhalten und die verschwommen wahrgenommenen Silhouetten zu einem sinnvollen Bild ihres Schlafzimmers zusammenzufügen. Sie würde diesen Raum heute nicht mehr verlassen! Ihre Augen hatten damit genug Zeit, sich im Raum zu orientieren.

Aber das gab es etwas, was sie tun musste! Auch wenn es ihr an diesem Freitagmorgen fast unmöglich schien, ihre Hand Richtung Handy auszustrecken um ihrem Chef ihr heutiges Fernbleiben zu erklären. Sie musste es versuchen! Die Therapie hatte gut angeschlagen, sie nach Berlin geführt, ihr Selbstwert und Stabilität gegeben. Sie durfte all dies nicht von einem altbekannten Plagegeist zerstören lassen. Auch wenn dieser Geist ein Monster war, das des nachts entfesselt wurde. Und schlimmer: Es war ein Teil von ihr. Der Teil, den sie eigentlich unter Kontrolle glaubte.

Sie spürte ein Aufbäumen, das sich wie ein Blitz durch ihren Körper zog, zumindest in Gedanken. In Wahrheit war ihr Körper zu schwer für den Geistesblitz, und die grad mühsam errungene Energie verpuffte im Raum. All das strengte sie maßlos an, dabei sollte es ihr helfen zu entspannen. Sie musste sich kurz ausruhen, nach Luft schnappen, denn diese war dünn geworden. Schweißperlen sammelten sich in ihren Stirnfalten und drohten, sich an ihren Wangen herabzustürzen.

»Reiß' dich zusammen!« Wenigstens eine Sekunde, wenigstens kurz, um dem Chef in den frühen Morgenstunden das spätere Fernbleiben zu melden.

Sie musste, wollte sie ihre Therapie nicht für gescheitert erklären. Sie musste, wie peinlich wäre das ihrem Chef gegenüber, ihren Kollegen, ihren Freunden … also ihrer Freundin. Das war diejenige, die an sie glaubte, die ihre Probleme vielleicht sogar verstehen würde, könnte Marleen sich ihr gegenüber öffnen. Es war aber auch diejenige Freundin, die ihr den Tipp mit der App gab und somit das neuerliche Chaos ins Rollen gebracht hatte. Aber woher sollte sie das wissen? Sie wollte ihr doch nur etwas Gutes tun. Sie hatte etwas angeregt, was verschollen war und was zu einem späteren Zeitpunkt vielleicht sogar von Erfolg gekrönt worden wäre. Sie hatte ihr geholfen, ihr Selbstwertgefühl wieder aufblitzen zu sehen und sie hatte ihr das Gefühl gegeben, dass sie wieder Verantwortung für ihr Leben übernehmen könnte, zumindest irgendwann. Und der Anruf beim Chef war vielleicht der Anfang.

Kaum war der Entschluss gefallen, kamen die Bedenken als apokalyptische Reiter mit geballter Kraft zurück, und der Schweiß tränkte bereits ihren mintgrünen Bettbezug. Ihr war in einem Moment, als ob Gott und der Teufel sich eine heiße Schlacht um ihre Seele lieferten. Im nächsten Moment zweifelte sie und fühlte sich lediglich als vertauschtes Menschenopfer, umringt von gelangweilt übersättigten Titanen, die lustlos in ihrem Dessert rumstocherten. Sie musste ihren Chef unter irgendeinem Vorwand absagen. Vielleicht wegen einer Dummheit, einer dusseligen Lappalie, einem etwas peinlichen Malheur, einem leicht unangenehmen Detail, aber auf keinen Fall wegen eines lebensbedrohlichen Dämons. Gott, Teufel, Titanen beiseite: Sie brauchte all ihre Konzentration in einem einzigen Gedankenspiel, in dem alles perfekt inszeniert sein musste, daran führte kein Weg vorbei. Ein Spiel, für das sie ihre Seele opfern musste, denn der wichtigste Akteur darin war die Handpuppe des Teufels.

Ihr Handy lag nur wenige Zentimeter von ihr weg, an der nächtlichen Ladestation. Für viele war es ein treuer Begleiter, der näher als ein Lebenspartner kam; für sie war es das Werkzeug einer bösen Macht, welche nun Besitz von ihr ergreifen wollte. Es war die Tür zur Welt der Dämonen und vermochte diese heraufzubeschwören und ihnen so Zugang zu ihrem Inneren, zu ihren Eingeweiden, zu ihrer Seele zu verschaffen. Und es würde nicht lange dauern, dass sie ihr Leben aushauchten. Die Klauen der Angst gruben sich fest in ihre Gedanken ein. Sie saß nun aufrecht im Bett und visierte zumindest mit ihrem Blick ihr Vorhaben an. Doch wieder schlugen sie Erinnerungen zurück und hielten sie in ihrem steifen Körper gefangen. Sie war ein lebloser Zombie, beraubt ihrer Ratio und eines jeden positiven Gefühls, so wie damals.

VI

»Ein paar Blumen für Oma. Dicke Titten für mich. So verfickt sexy zwischen all den Leichen. Da steh ich drauf.« Das war noch harmlos. Aber je tiefer sich der Dämon in die Wunde grub, desto mehr blutete hinaus: »Dachtest, ich seh dich nicht in der Masse, du Schlampe?« Und dann drohte sie fast zu ersticken: »Du rauchst wieder! Ich hab's an deinen Klamotten gerochen, du hast dich in der Schlange an meinem Schwanz gerieben. An allen Schwänzen hast du dich gerieben. Du ekelst mich an.« Niemand hatte ihr helfen können. »Ich stech dich ab, du Fotze.« Von den Polizisten fühlte sie sich verhöhnt, die taten sie als hysterisch ab. »Keiner wird dich vermissen.« War das so?

Die Angst übermannte sie. An Schlaf war nicht mehr zu denken, ihr Körper verkrampfte. Und auch die nötigen Therapiesitzungen konnten nur noch online durchgeführt werden. Sie rutschte immer mehr in die Einsamkeit ab. Ein paar Freunde wollten wirklich helfen, aber viele verstanden ihre Welt nicht und wählten den Notausgang, als es ernst wurde. »Arme Muschi. Hat geschrien, wie ein Kind. Überall Blut. Einfach widerlich. Du warst nicht da! Muschi ist jetzt im Muschi-Himmel. Deine Schuld!« Sie durfte nicht daran denken, das trieb Verzweiflung in ihre Augen. »Ihr Inneres hat schön gedampft.« Und letztendlich musste sie handeln. »Ich hab mir `n neues Messer gekauft. Groß und lang. Darauf stehst du doch, du Fotze. Damit stech ich dich ab. Vielleicht schon heute! Dann bekommst du, was du verdiehnst!«

Dann hatte sie alles abgebrochen. Die kleine, gemütliche Wohnung auf dem Lande hatte sie gekündigt, ebenso wie ihr Fitnessstudio-Abo, ihren Handyvertrag, ihren Job. Und so war sie aus ihrem Leben verschwunden. Dann war sie einfach weg: tauchte unter, tauchte ab und tauchte irgendwann wieder auf. Doch auch »Er« tauchte wieder auf.

»Umgezogen? Dachtest wohl, du entkommst mir. Ich sehe dich. Mit deinem scheiß Erbseneintopf liegst du auf deiner verfickten Couch und starrst die Glotze an, weil du nichts anderes kannst, du miese Schlampe! Ich mach dich fertig! Dann komme ich dich holen! Dann wirst du für all deine Scheiße büßen und um dein Leben winseln. Wie findest du das? Du Fotze!«

War das noch Realität gewesen? Erbseneintopf hatte sie erst in Berlin entdeckt. Sie wusste nicht mehr auseinanderzuhalten, was damals ihr Leben bestimmte und sich jetzt tief in ihre Einbildung gegraben hatte. Das *Damals* drohte, fast ihren Kopf platzen zu lassen. Damals war sie ein Opfer, ein nervliches Wrack. Damals war sie am Ende, vielleicht sogar schon *tot*. Dann wurde aus dem Anfang vom Ende, wie von Wunderhand, ein Ende mit Anfang, ein letztes Aufbäumen, ein lebensrettendes Seil, eine Entscheidung. Diese war radikal. So radikal, wie sie sein musste, und hieß: »Willkommen in Berlin.« Ein Jahr war vergangen. Die Anonymität der Großstadt zog sie in ihren Bann und ließ sie manches Mal Luft holen. Sie fühlte sich wieder. Sie begann zu leben und ihr Handy blieb stumm. Bis jetzt.

Sie hatte sich in Sicherheit gewähnt und ihr schützendes Versteck aufgegeben, für eine dumme Idee, die sich *Leben danach* nannte, aber in dem sie offensichtlich nur Statistin war. Wohl war es weniger ein reales Leben denn eher eine göttliche Komödie – in einem schlecht besuchten, heruntergekommenen Laientheater, in dem sie nicht einmal einen Sprechpart ergattert hatte.

In diesem grotesk-absurden Theaterstück regierte Chaos, und vielleicht kam es nie zu einem zweiten Akt und erst recht nicht zu einer Katharsis. Vielleicht scheiterte sie direkt im ersten Akt an ihren eigenen Dämonen. Die tummelten sich bereits neugierig um sie herum, kniffen sie in Wangen, bohrten sich mit ihren Augen in ihr Fleisch. Sie waren sich einig: Ihr Auftritt sollte ein kurzer sein, und da es kein Drehbuch gab, war alles möglich.

War das nun eine Tragödie, oder hatte ihr Ableben auf den weiteren Verlauf der Geschichte keinen Einfluss? Zumindest würden diese kleinen Monster den Triumpf ausgelassen feiern und sich mit ihrem Elend betrinken. Sie kicherten, sangen und schrien. Sie vernahm ihre Stimmen, lauter und immer lauter bohrten sich diese in ihren Kopf und beschworen ein unfassbar lautes Brummen und Piepen herauf, sodass sie sich die Ohren bedecken musste. Ihr eigener Körper war bereits Bühne des quälenden Geräuschspektakels. Dieses bohrte sich gnadenlos durch ihre Hirnwindungen. Sie wollte schreien, dass es aufhörte. Sie würde lieber tot sein, als diesen Schmerz zu ertragen. Sie fuchtelte wild um sich, rieb sich das Gesicht, den Hals, die Schultern, die Arme. Sie begann fester zu reiben, bis sie kratzte und kratzte, schneller und mehr, Hautfetzen an ihren Fingernägeln hängen blieben, die unschöne rote Streifen hinterließen. Als aus diesen eine rote Flüssigkeit zu tropfen drohte, wischte sie sich endlich die ungewollten Partygäste von der Schulter. Doch sie waren nicht verschwunden, sie hatten sich versteckt und tief unter ihre Haut eingegraben, unerreichbar für ihre Fingernägel. Irgendwo inmitten ihrer Eingeweide begannen sie leise zu kichern, und wieder hallte irres Gelächter durch die dunklen Hohlräume zwischen Milz, Leber und Galle. Und ihre verzweifelte Suche trieb sie weiter an. Die ungewollten Besucher versuchten mit allem, was recht war, ihrem Wirt Schmerzen zu bescheren. Sie spürte die Plagegeister überall, es waren viele und sie hatten unlängst ihren gesamten Körper vereinnahmt. Und so kratzte sie sich und kratzte und kratzte sich weiter die Seele aus dem Leib. Sie kratzte und kratzte. Sie wollte, dass es aufhörte. Es muss aufhören, sie hielt es nicht aus. Jetzt musste es enden! Noch einmal ertrug sie das nicht. Ihr Körper schrie: »Raus! Schluss! Aus! Ende!«

Stille!

Das war ihr recht. Dieser Moment der inneren Ruhe füllte sie mit fast wohliger Wärme, und sie konnte endlich den bleischweren Kopf heben, um im Hier und Jetzt anzukommen. Sie musste diese unverhoffte Kraftreserve nutzen und sich der größten Prüfung dieses Tages stellen: es galt, die zuvor in den Dornröschenschlaf versetze Teufelsmaschine zum Leben zu erwecken. Ihr gefror der Atem. Sie zitterte, aber es musste sein. Ein Handgriff folgte, ein Seufzer, abwarten und …

Es blinkte, mehrfach sogar. Ihre Neugier regte sich. Doch sie musste stark sein und sich beherrschen. Sie musste alles tun, um das alleinige Ziel zu verfolgen, diese eine Prüfung zu bestehen. Wieder blinkte da was. Es war eine Nachricht; eine Mitteilung, ein Köder, um sie herauszufordern, sie in seinen Schlund zu locken und sie nun wirklich mit Haut und Haar zu verschlucken. Willigte sie ein, war sie für immer in diesem grotesken Theaterstück verloren, und wer weiß, wie viele Aufführungen noch geplant waren. Das durfte kein Dauerzustand sein. Sie musste standhaft bleiben, ein falscher Klick konnte alles zunichtemachen! Es gab nur ein Ziel: Es musste enden!

VII

Diese Prüfung meisterte sie mit Bravour: Den Höllenapparat hatte sie gekonnt ausgetrickst, lediglich für die Kurzwahltaste des Büros genutzt und so all das Aufblitzen und Blinken erfolgreich ignoriert.

Nachdem sie das Sekretariat ihres Chefs erreicht hatte, um ihr Fernbleiben zu entschuldigen, fiel ein großer Stein von ihren Schultern. Das Sekretariat hatte ihre Geschichte recht emotionslos vermerkt und auf das zeitnahe Nachreichen eines ärztlichen Attestes hingewiesen. Damit hatte sie Zeit. Ganze drei Tage hatte sie rausschlagen können. Ganze drei Tage waren Zeit, in denen sie niemand vermissen würde. *Wirklich niemand?* Dieser Gedankengang sprach ihr nicht den erhofften Mut zu. Zwar schlief sie erneut ein, doch entsprechend durchwachsen war ihr Start in den Tag.

Es war bereits gegen 11 Uhr als sie sich zumindest gedanklich aus dem Bett in Richtung Kühlschrank zu kämpfen versuchte. Und sie wusste, dass dieser auf ihr Leben im mehrtägigen Emotionsschutzbunker nicht vorbereitet war. Also musste sie wieder all ihre Kräfte mobilisieren, wenn ihr Plan aufgehen sollte. Das hieß im Klartext: Das Tor zur Hölle war geöffnet und erwartete sie. Sie durfte lediglich den Einstieg ins Schattenreich wählen.

Dieser führte entweder direkt aus der Haustür zur Tram und zwei Stationen Richtung Supermarkt oder wenigstens 400 fußläufige Meter auf freiem Feld zum Späti ums Eck. Oder es gab noch die naheliegende Option. Die lag nur wenige Meter von ihr entfernt, nun an der Ladestation hängend. Sie musterte bereits den diabolisch blitzenden und blinkenden Höllenapparat, der sie mit der Nummer des Pizzadienstes köderte.

Ihr Körper fühlte sich zu schwer an. Sie war wenig fähig, sich in ein halbwegs akzeptables Outfit zu schnüren, um die Wohnung Richtung Pizza zu verlassen. Nur die Frage nach dem kleineren Übel musste sie beantworten. Fakt war: Das Böse durfte absolut nicht in ihr Refugium eindringen, und die Angst, dass die bösen Geister wohl-portioniert wie Viren auf den kleinen Computer übertragen wurden, war sicherlich geringer als vom leibhaftig Bösen in Lebensgröße und voller Leibeskraft erschlagen zu werden.

Deswegen machte sie sich auf, das blinkende Biest zumindest kurzfristig zu zähmen, und startete ihren Angriff taktisch versiert und wohl-überlegt. Was würde sie erwarten? »Er« hatte bestimmt eine Antwort, mindestens ein Lebenszeichen erwartet. Sie war auf jeden Fall vorbereitet, und zwar darauf, aufs Schlimmste reagieren zu müssen. Ihre Gedanken surften auf einem möglichen Schwall an Nachrichten, der sie ins Mark treffen sollte. Er würde sie zunächst mit Liebkosungen aus ihrem Versteck locken versuchen, und da sie nicht antwortete, fühlte er sich anschließend genötigt, zunächst noch geschützt hinter eine Smiley-Fassade, Frotzeleien zu verstecken. Doch irgendwann verschmölzen diese lachenden Gesichter mit keifenden Fratzen – mit dem einzigen Ziel: ihre Seele zu zerfetzen. Zu Tausenden würden sie auf sie einprasseln.

Ein blinkendes Inferno würde sie ergreifen und, gefesselt an ihr Handy, würde sie in einem Lichtermeer untergehen. Hier war kein romantischer Kerzenschein entfacht worden, sondern hier loderten Höllenflammen auf. Sie musste sich dem Szenario stellen und notfalls alles blitzschnell löschen, sodass der Schwall sie nicht unter sich begraben konnte. Sie durfte sich nicht in die Tiefe reißen lassen, denn aus diesem Loch, würde sie sich nicht so schnell befreien können.

Es half alles nichts, sie musste sich dieser Prüfung stellen. Sie kämpfte tapfer gegen den Drang an, sich direkt wieder ins Bett zu legen, und richtete ihren Blick stattdessen Richtung Smartphone. Es waren Stunden vergangen, und es wäre an ihr gewesen auf seine sehr emotionale letzte Nachricht zu antworten. Ihr schlechtes Gewissen folterte sie. Seine Schwester, sterbenskrank, und er, hin und hergerissen zwischen Schicksalsschlag und neuer Hoffnung, opferte sich hingebungsvoll und hätte sich eine neue Liebe mehr als verdient. Aber er musste ja unbedingt auf Marleen und ihre Geister treffen. Sie trat seine Aufmerksamkeit mit Füßen und ließ ihn einfach an der langen Leine verhungern. Sie war die Böse in diesem Spiel, vielleicht weil das Böse schon von ihr Besitz ergriffen hatte? Ihr schlechtes Gewissen tänzelte um den kleinen smarten Apparat, der das *Ghosten* erst ermöglicht hatte und sie so vom Opfer zur Täterin werden ließ.

Schocken konnte sie jetzt nichts mehr, das hoffte sie zumindest. Sie war für alles gewappnet. Er konnte ihr nicht noch mehr wehtun, die tausend Tode war sie schon gestorben, *dieser wäre nur einer mehr.* Aber auf das, was sie erwartete, war sie wirklich nicht vorbereitet. Sie schaltete zögerlich das Handy an und erwartete nichts anderes als ein Nachrichtenchaos. Was kam, war

– nichts.

Kein Blinken, kein Mailmassaker, keine Nachricht. Sie wagte sich sogar so weit in den Datenkosmos vor, dass sie die Flirtplattform öffnete, nur um auch da keine einzige Nachricht ihres Verehrers vorzufinden. Sie kam sich fast schäbig vor, ihm all dies anzudichten.

Ein kurzer Moment der Reue wich schnell einem Moment der Frustration, nicht dass sie sich gewünscht hatte, ein Mailing-Meer vorzufinden, absolut nicht, doch irgendwie war sie nun doch von Wahnvorstellungen einerseits und Gedanken an ein entspanntes, normales Leben andererseits eingekesselt. So schnell gekommen, so schnell vergangen, nur der Frust blieb und die Sorgen, den Teufel, in sich selbst ruhend, geweckt zu haben. Was soll das? Was war das? Was ist das? Was wird das mit ihr machen? Was …

Den hosentaschengroßen Unheilstifter verbannte sie ins Wohnzimmer, wo er alle Energie aus ihren Wänden ziehen durfte, um nur Ruhe zu geben. Sie selbst vermochte diese Energie nicht zu nutzen und würde einen ganzen Tag nur im Bett verbringen. Sie wollte nur noch schlafen! Die Pizza konnte warten. Vielleicht würde sie später irgendwas Vorgefertigtes aus zerkochtem Hartweizengries und Pflaumenmatsch mit Körnern in die Mikrowelle schieben und anschließend, eingeklemmt zwischen Bettwäsche und einer 140x200-Matratze, widerwillig runterwürgen. Etwas Wasser würde helfen, den Würgereiz zu unterdrücken. Der Gedankengang zwang sie nun, kurz vor dem heilsamen Reparationsschlaf, in die Nasszelle. Diese konnte trotz ihres lieblich-penetranten Rosendufts und ihres grellen LED-Lichts nicht alle Ängste vertreiben, im Gegenteil: Diese beschwor später sogar ein Monster herauf, das sich zuvor unter ihrem Bett sein Nest bereitet hatte, um jetzt endlich – im geeigneten Moment – zuzuschlagen.

In Gedanken vertieft, erreichte sie endlich die Haustür des imposanten Altbaus. Diese war zuletzt in den 90ern gestrichen worden. Die Farbe blätterte an den Kanten schon ab. Das Holz war bereits verzogen und die Tür zu dieser Zeit eigentlich nie verschlossen. Dennoch klingelte sie. Sekunden verstrichen, sie klingelte erneut. Nichts geschah. Sie blickte auf ihr Handy, Marleen hatte die Nachricht immer noch nicht gelesen und offensichtlich auch nicht ihre Mailbox abgehört. Das war ungewöhnlich, nein, das war eigentlich so gar nicht Marleens Art. Ihr hatte der Kontakt zu Lina, ihrer besten und wohl auch einzigen Freundin, immer einen wichtigen Halt gegeben, so sagte sie zumindest. Dass Marleen nicht reagierte, war *schräg*, und es war vielleicht ein schlechtes Zeichen. Ein kalter Schauer erschlug sie fast. Deswegen war sie an diesem Samstagabend hier und sie wusste, dass sie jetzt nicht einfach umkehren würde. Sie drückte die Tür auf. Wie vermutet, war sie nicht verschlossen.

Sie trat vorsichtig in den Hausflur. Sie vernahm nur schwach das Geschrei eines Kleinkindes. Ein Mann telefonierte aufgeregt in seiner Landessprache, und durch die marode Hinterhoftür war zu hören, dass jemand sein Fahrrad aufschloss. Sie schien diesen normalen Ritus zu durchbrechen. Es fühlte sich an, als würde sie etwas Illegales tun. Ein aufmerksamer Bürger würde bestimmt gleich auf sie zukommen und sie zur Rechenschaft ziehen. Doch keiner der Anwohner, die über fünf Stockwerke verteilt waren, schien sich für sie zu interessieren. Ein Schauer überfuhr sie bei dem Gedanken, der darum kreiste, ob ein echtes Verbrechen hier genauso unbemerkt passieren konnte. Sie wischte diesen fort und visierte entschlossen den Fahrstuhl an, der sie – wie so oft – in die vierte Etage führen sollte.

Irgendetwas war anders, sie spürte, dass etwas anders war. Sie spürte, dass sie frustriert sein würde. Dennoch wartete sie artig die kurze, aber ruckelige Fahrt ab. Der enge Lift war bereits in die Jahre gekommenen und von innen mit halb vergilbten Aufklebern gespickten sowie mit Liebes- wie Hassbotschaften verziert. Ein Ruck und er kam zu stehen. Die Tür öffnete sich und gab den Blick auf die vierte Etage frei. Von der kleinen Blechbüchse aus konnte sie direkt die Wohnungstür ihrer Freundin anvisieren, die seltsam bedrohlich wirkte. Als sie sich dieser näherte, wusste sie schnell warum. Ihr Puls schoss ihr in die Gehörgänge, denn die Tür war einen Spalt geöffnet. Marleen war sehr umsichtig und supervorsichtig beim Verlassen ihrer Wohnung, niemals würde sie vergessen, die Tür hinter sich zu schließen. Es sei denn … Musste sie schnell weg? Musste sie fliehen? War dies ein Notfall? Oder … – eine düstere Ahnung schlich sich in ihr Bewusstsein – hatte jemand anderes diese Tür offenstehen lassen? All diese Gedanken drohten sie zu überrennen. In diesem Moment war sie sogar bereit, die 110 zu wählen, aber vielleicht machte sie sich lächerlich. Nun gut, es gab nur eine Möglichkeit: Sie musste durch die Tür und Licht ins Dunkle bringen. Sie musste einfach!

Je mehr sie sich der Tür näherte, desto mehr biss sich ein besonderer Geruch in ihrer Nase fest. Was war das? Eiersalat? Verbrannte Pizza? Nein, irgendetwas roch seltsam säuerlich – selbst in dieser Stadt. Waren das die Müllcontainer, die im Innenhof auf die ersehnte Leerung warteten? Schon krass, was Menschen für einen Gestank produzierten.

Nun stand sie direkt vor der Tür und vermochte durch den Türspalt einen minimalen Blick auf Marleens Kleiderhaken zu werfen. Der Mantel war feinsäuberlich auf einem Kleiderbügel aufbereitet, nur unterhalb des Hakens schrie es nach Chaos.

Drei Paar Schuhe waren, sofern sie es erkennen konnte, wild verstreut. Vielleicht war sie darüber gestolpert. »Marleen?!« Sie wartete ein paar Sekunden. Jetzt lauter: »Marleen? Bist du zuhause?« Da sie die Situation zu gruseln begann, lockerte sie sich mit einem innerlichen Bild, dass Marleen grad im Badezimmer nach einem ausgedehnten Bad, in ein Frottierhandtuch gehüllt, Schminkversuche startete. »Die Tür steht offen, ich möchte nicht einbrechen – kann ich rein?« Tief im Herzen wusste sie, dass sie etwas anderes vorfinden würde. Etwas, was sie bis an den Rest ihres Lebens verfolgen würde. Die Angst davor kroch ihr langsam den Nacken hoch. Es half nichts, sie musste all ihren Mut zusammennehmen. Sie presste sich gegen die Tür Richtung Erkenntnis. Diese quittierte ihre Entscheidung prompt mit einem kurzen Aufschrei.

Damit gab sie nun den Blick frei auf den kleinen Flur und Teile der Küche, die direkt angrenzte. Obwohl es die Abendsonne selbst in dieser Jahreszeit geschafft hatte, sich gegen die Wolken durchzusetzen und die Stadt in einen edlen Schimmer zu legen, hatte diese Wohnung und alles, was in ihr lebte, davon keinen Nutzen. Alles war in Schatten gehüllt, so als hätte die Sonne gerade auf diesen 45 Quadratmetern den Kampf gegen eine dunkle Macht verloren.

Sie tastete sich an der Wand entlang, um den Lichtschalter zu finden. Das künstliche Hell legte den Blick auf das bereits vermutete Chaos frei. Im Flur lagen Marleens Schuhe wild verstreut, so als sei jemand hastig darüber gestolpert und hatte die Zeit nicht nutzen können, sie wieder in ihre richtige Position zu stellen. Ihrer Meinung nach fehlte aber kein Paar. Hieß das, dass Marleen doch daheim war? Hoffnung flammte erneut auf, und sie versuchte, die richtigen Worte zu finden, die ihre Bedenken zerstreuen helfen sollten: »Marleen? Deine Tür stand auf! Ist was passiert?«

Vom Flur aus konnte sie die kleine Küche inspizieren. Das war möglich, da es keine Verbindungstür gab, sondern lediglich ein großes rechteckiges Loch in der Wand, welches der Vermieter einst anordnen ließ, nachdem die vorherigen Mieter, ein Paar, darauf bestanden hatten. Die Idee gefiel damals auch Marleen, als sie beim Besichtigungstermin der 45 qm kleinen Wohnung diese etwas größer einschätzte und gewillt war, jeden (ihr möglichen) Preis zu zahlen.

Sie tat einen Schritt weiter in den Wohnbereich. Ihr war, als würde auch der irritierende Geruch intensiver werden. Es stank fast. Vielleicht hatte jemand den Maden im Küchenkompost ein Festmahl serviert und die Party war über mehrere Tage eskaliert. Dennoch, in der Küche schien alles normal, fast peinlich aufpoliert, einem IKEA-Prospekt entsprungen. Bei genauerem Blick fiel ihr lediglich eine Sache auf, die nicht ins Bild passte: Eine leere Eispackung samt Löffel stand auf dem Kochfeld und eine mit geschmolzener Eispfütze verzierte Schale reinigungsbereit in der Spüle.

Sie schreckte durch ihre Anwesenheit eine dicke Fliege auf, die sich offensichtlich hier schon länger den Wanst vollgeschlagen hatte. Ansonsten schien alles normal, wirkte aber seltsam leblos. Lediglich *Metod,* der mittelgroße

Kühlschrank, hauchte durch sein Brummen dem Szenario etwas Leben ein.

Sie ging weiter, im schützenden Schatten des Flures einen Schritt auf die Tür zum Wohnzimmer zu, die einen Spalt offenstand. Hier wirkte von ihrem Blickpunkt aus alles vertraut, alles typisch Marleen. So war alles fein säuberlich sortiert. Selbst die Kissen auf dem Sofa schienen nach dem Benutzen wieder sorgfältig aufgestellt, und die Fernbedienung lag auf dem Fernseher, so wie sie es nur von Marleen kannte. Allein Marleens Lieblingsdecke brach mit dem Vorzeigekatalogbild, da sie ungeordnet und lieblos auf dem Sofa zurückgelassen wurde. Vermutlich, nachdem sie ihre Dienste tat und ihre Besitzerin bei einem nächtlich frösteln- den Fernsehmarathon treu umarmt hatte.

Jemand hatte hier ferngesehen, offensichtlich vor nicht allzu langer Zeit. Ihr Blick löste sich von dem fast traurig anmutenden Stück Decke und schweifte umher, fest entschlossen, etwas Ungewöhnliches zu finden. Doch bisher schien alles normal, so als sei sie zum Blumengießen abbestellt. Sie würde sogleich via Handynachricht ihrer Freundin bestäti- gen, dass sie weiterhin ihren Urlaub genießen solle, da daheim alles in Ordnung sei. Nichts Furchteinflößendes, und somit kam ihr unweigerlich der Gedanke hoch, dass sie hier illegal in einen geschützten Raum eindrang.

Ihr Kopf schmerzte. War das der faulige Geruch oder ihr schlechtes Gewissen? Ihr war, als hätte sich ihre Gehirn- masse im Schädel aufgebläht und nun begonnen, sich mit aller Gewalt gegen den Knochen Richtung Freiheit zu pres- sen. Sie musste an die frische Luft. Noch hatte sie sich nichts zuschulden kommen lassen, war sie lediglich im Flur auf und ab gegangen. Ein Gefühl von Unwohlsein überkam sie, es kroch ihr den Nacken hoch, und Schweiß bildete sich auf ihrer Stirn. Was machte sie hier noch? Marleen war offensichtlich nicht da und hatte scheinbar Hals über Kopf die Wohnung verlassen. *Aber warum?* Und war sie bei dem Wetter barfuß unterwegs, oder war sie kürzlich, ohne ihre Expertise zu nutzen, neue Schuhe shoppen gewesen? Na, da würde sie sich aber was anhören müssen. Ein kurzer Anflug der Enttäuschung überkam sie.

Ihre Gedanken drehten Kreise: Was machte sie noch mal hier? Was hoffte sie zu finden? Noch war es nicht zu spät! Der Flur war das eine, der Intimbereich – wie Bad und Schlafzimmer – etwas anderes. Sie sollte lieber gehen und es weiterhin telefonisch versuchen. Telefonisch … Genau, Telefon. Da war was. Bei all der Aufregung war ihr fast entgangen, dass Marleens Handy im Wohnzimmer an der Ladebuchse neben der Tür angeschlossen war und frenetisch blinkte. Das war komisch! Würde sie ohne ihr Gehirn das Haus verlassen? Oder schloss sie jetzt von sich auf andere? Marleen stand dem digitalen Begleiter oft skeptisch gegenüber, manches Mal sogar unbegründet aggressiv. Also vielleicht doch nicht so außergewöhnlich? Marleen hatte offensichtlich die Vorzüge, 24/7 erreichbar zu sein, nicht wirklich zu schätzen gelernt; und Lina fragte sich, ob sie jemals über die Nutzung des Smartphones als Telefon oder SMS-Sendeeinheit hinauskommen würde. Okay, Intimbereich war das eine, Handy das andere. Ihr Unbehagen wich einem Gefühl der Rechtfertigung. Es lag an ihr. Immerhin war sie schon extra hergekommen und musste handeln. Gepackt von diesem Aktionismus, durchfuhr sie ein Ruck, der sie all ihren Mut zusammennehmen ließ, um durch den Wohnzimmertürspalt hindurchzuschlüpfen.

Der kleine Begleiter war via Kabel an die einzig sichtbare Steckdose im Raum angeschlossen und blinkte vermutlich schon die ganze Zeit verzweifelt auf. Lina nahm es als Hilferuf wahr, und ihre Neugierde war mittlerweile stärker als ihr schlechtes Gewissen. Also tat sie das, was sie für richtig hielt, und hob das Handy auf.

Natürlich war das ein Eingriff in Marleens Privatsphäre, aber natürlich war sie auch schon unerlaubt in ihre Wohnung eingedrungen. *Warum?* Weil sie sich Sorgen machte. Natürlich war Marleen trotz allem und gerade deswegen ihre Freundin, und natürlich würde sie von Marleen verlangen, dasselbe zu tun. Ebenso natürlich war das Handy gesperrt, wenn sie dies nicht gestattete. Lina würde nur das sehen, was ein Fremder in der U-Bahn sähe oder jemand hinter ihr an der Supermarktkasse, der ihr einen schweifenden Blick widmete. Natürlich würde sie es also akzeptieren, wenn Lina einen kurzen Blick erhaschte. Und natürlich wollte sie jetzt Antworten auf die Antworten, die mehr Fragen aufwarfen, als sie durften.

Sie nahm das Handy behutsam in ihre Hand und erhob sich. Sie drückte den Knopf an der Seite, der wenigstens kurz dazu fähig war, das Vergangene zu protokollieren. Sie würde mindestens ihre fünf Anrufversuche aufblitzen sehen. Und in der Tat, das Handy war nun voll aufgeladen und tat sogleich seinen Dienst, indem es einen Popup Hinweis nach dem nächsten freigab. So blitzte zum Beispiel die Info auf, dass es mehrere Anrufe in Abwesenheit gab sowie zwei Mailboxnachrichten. Was noch einmal erhoffte sie, hier zu finden? Nach einer millisekündlichen Verzögerung blitzte ein weiteres Popupfenster auf. Dieses Mal war es kein Anruf, dieses Mal war es eine Nachricht ... von einer Dating-Plattform? Wow! Marleen hatte sich wirklich getraut und ihren Rat befolgt?! Und sie war offensichtlich erfolgreich gewesen. Warum hatte sie nicht davon berichtet? Ein Anflug von Enttäuschung hatte grad keine Chance, denn Lina war aufgeregt und reagierte blitzschnell.

Sie kniff die Augen zusammen, da die Nachricht im Popup-Fenster wenigstens teilweise für kurze Zeit zu sehen sein würde. Sie riss sich zusammen, kein Atemzug verließ jetzt mehr hektisch ihren Körper. Absolute Stille machte sich breit, sie brauchte jetzt höchste Konzentration und wurde belohnt. »... triffst du den Mann, den du verdiehnst! Rose, Rose« war zu lesen. Lina fragte sich, wer das wohl geschrieben habe. Und war das ein Rechtschreibfehler?

Ihre Gedanken wurden abrupt unterbrochen, als auch diese Nachricht, wie all die andere Informationen, die der kleine Helfer sonst hätte bereitwillig teilen wollen, hinter einem Sperrcode im digitalen Nirgendwo verschwand. *So wie Marleen?* Es hallte erneut durch Linas Kopf: Marleen hatte sich gedatet? Ihre Gedanken taumelten zwischen Unbehagen und Freude. Wie gut kannte sie Marleen wirklich? Sie verbrachten viel Zeit miteinander, hatte ähnliches Hobbies, *bingten* dieselben Serien, kochten gern zusammen, bevorzugten denselben Wein und hatten genug Gesprächsstoff, dank eines gemeinsamen Arbeitsplatzes. Aber Marleen war wesentlich zurückhaltender, wenn es um ihr Seelenleben ging. Manches Mal war sie sogar seltsam verklemmt.

Sie hatten sich über die Arbeit kennengelernt, sich schnell angefreundet und Zeit miteinander verbracht. Aber warum Marleen nur selten ihre Wohnung verließ, kaum ausging, kaum ihre Urlaubstage für Reisen oder wenigstens kurze

Ausflüge nutzte; warum sie nie von ihrer Zeit vor Berlin, von ihrer Beziehung mit Thomas und ihrer Heimat sprach – hatte sie eigentlich nie hinterfragt. Wichtig war ja, wer sie jetzt war! Wo sie jetzt war! Der Gedankenschwarm ordnete sich wieder und formierte eine klare Botschaft: *Verlasse die Wohnung und Marleen bleibt Marleen!*

Sie erschrak fast, als sich dieser Gedanke unbarmherzig aufdrängte. Und sie versuchte sich sogleich wieder zu fassen. Durfte sie das? Was erwartete sie zu finden? Wollte sie etwas finden? Sie wollte einfach nur … Ruhe!? War es das? War es in Marleens Sinn? Was sie wollte, war nicht die Frage – was hätte Marleen von ihr erwartet? Sie waren befreundet, vielleicht beste Freundinnen. Ihr war manches Mal, als wäre sie Marleens einzige Freundin. Vielleicht stand sie also in der Pflicht, Marleen diesen Freundschaftsdienst zu erweisen. Der Gedanke beruhigte sie etwas und ließ sie Mut fassen, das Handy wohlbehütet zur Seite zu legen. Sie erhob sich langsam, um das Wohnzimmer Richtung Flur zu verlassen. Auf dem Weg aus der Wohnung musste sie so eh das Bad passieren. Ein kurzer Blick würde keine Überraschung bringen. Und hätte sie Marleen nach der Arbeit auf einen Kaffee nach Hause begleitet, hätte sie sich dort frischmachen dürfen. Es war also okay das Bad abzuklopfen.

Sobald sie die Türklinke nach unten drückte, überkam sie dennoch kurz das Gefühl, sie würde etwas Verbotenes tun, und sie hämmerte sich erneut ein, nur einen kurzen Blick erhaschen zu wollen. Wäre nichts Auffälliges zu finden, könnte sie sich den Gang Richtung Schlafzimmer sparen. Die Tür knarzte leicht. Ihr war, als würde ein kurzer Luftstoß ihr einen undefinierbaren, metallenen Geruch in die Nase treiben. Vielleicht ein verrostetes Rohr? Beachtete man das Alter der Wohnung und deren Mobiliar, nichts Ungewöhnliches. Marleen hatte sich nie beschwert, wollte keinen Ärger machen und schien sich in der Wohnung wirklich wohlzufühlen. Aber was wusste Lina schon über ihre Freundin?

Der Schalter versagte und so überflog ihr Blick die Nasszelle im Dämmerlicht, dass durch das kleine Fenster oberhalb der Toilette wenigstens etwas zur Aufklärung beitrug. Die kleine Dusche schien seit Langem nicht benutzt worden zu sein, zumindest war sie nach dem letzten Duschgang akribisch gereinigt worden und erinnerte Lina an ihren letzten Hotelbesuch in St. Gallen. Die Toilette war, so wie sie es einschätzen konnte, ebenso reinlich hinterlassen worden, und es hing ausreichend Klopapier auf der Rolle.

Nichts schien außergewöhnlich. Zumindest was diesen Aspekt anbelangte, doch halt: Das Waschbecken war erst kürzlich benutzt worden. Es waren noch Spuren von verdunsteten Wassertopfen zu sehen. Offensichtlich hatte jemand mit Farbe hantiert, denn es waren Sprenkel und Spuren von einer bräunlichen Substanz zu erkennen. Lina musste die Augen etwas zukneifen, um genauer zu sehen, und erkannte, dass sich diese auch am Spiegel und auf den Fliesen fanden. Das Händehandtuch war verwendet worden und wurde danach nur halbherzig zurück auf den Handtuchhalter gedrängt.

War Marleen so in Eile gewesen? Was hatte sie so halbherzig von den Händen waschen müssen? Das Bild passte zum Schuhchaos im Flur, aber nicht zu Marleen.

Sie näherte sich den Flecken und kniff erneut die Augen zu, die sich zu Schlitzen verengten. Keine Ahnung, was das war! War das Rost? Ein kurzer Blick unter die Spüle ließ sie diesen Gedanken wieder wegschieben. Zumindest war dieses Rohr in Ordnung. Aber es roch leicht nach Rost. Doch sie musste sich eingestehen, sie war keine Expertin. Aufschluss würde sie hier nicht bekommen, aber vielleicht …

Sie tat einen Schritt zurück, raus aus dem Badezimmer, zurück Richtung Flur und drehte den Kopf so, dass sie die Schlafzimmertür direkt im Visier hatte. Ein Schauer erfüllte sie, und der fast verlorene Gedanke schrie erneut auf:

Verlasse die Wohnung und Marleen bleibt Marleen, oder öffne die Schlafzimmertür und du wirst Antworten finden, die du nie gesucht hast.

War das eine Aufforderung oder eine Warnung? Lina konnte das Chaos in ihrem Kopf kaum ordnen. Sie zögerte und zögerte lang, stieß einen unhörbaren Seufzer aus und tat einen schwerfälligen Schritt nach dem anderen – Richtung Schlafzimmertür. Und tatsächlich, sie stand nun leibhaftig vor der Tür. Es benötigte noch einen Ruck, ehe sie vermochte, die Klinke zu drücken, die dies nur unwillig quittierte. Ihre Nase schien überfordert, der Gestank reizte ihre Schleimhäute. Hatte jemand hier etwas verrotten lassen? Sie dachte wieder an Pizza, vielleicht stank verrotteter Thunfisch so? Doch so etwas hatte sie noch nie gerochen und wieso war der Geruch hier intensiver als in der Küche? Sie fuchtelte suchend mit der Hand in ihrer Jackentasche und zog schnell ein bereits verwendetes Taschentuch hervor, welches sie schützend direkt vor Nase und Mund hielt.

Vielleicht täuschte sie sich, doch ihr war, als ertönte ein schrilles schmerzhaftes Aufheulen. Und auf einmal fand sie sich auf der Schwelle zu Marleens größtem Geheimnis

68

wieder. Hier war sie wie rausgesprengt aus dem Orbit der Rationalität, notgelandet auf einem unerforschten Planeten. Doch irgendetwas lebte hier: vielleicht eine unbekannte Spezies mit unmenschlichen Gewohnheiten? In jedem Fall war Vorsicht geboten!

Sie tastete sich langsam vor. Dies war wohl der dunkelste Raum der Wohnung, die Vorhänge waren aus schwerem, dichtem Stoff und verdeckten komplett die hohen Fenster des Altbaus. Ihre Hände suchten nach einem Lichtschalter, aber selbst als sie diesen ertasteten, war er nicht bereit, ihrer Idee Folge zu leisten. Selbst wenn er gewollt hätte. Die Funzel war … *tot*, ertappte sich Lina in Gedanken kommentierend. Entweder war das System altersschwach oder mutwillig daran gehindert worden, das unheilvolle Dunkel mit Licht zu bezwingen.

Ihre Augen taten sich schwer, so sehr sie sich auch bemühten, und konnten in der übermannenden Dunkelheit immerhin die Silhouetten eines Kleiderschranks, eines Nachttisches und eines Bettes ausmachen. Es half nichts, sie drückte die Tür einen Spalt weiter auf, die unter lauten Protestschreien nachgab, und Lina wagte sich etwas weiter aus dem Türrahmen Richtung Dunkelheit. Sie schreckte dabei offensichtlich einen Schwarm Fliegen auf, die sich hier tummelten. Wieder musste sie die Augen fest zukneifen und erkannte, dass der Schrank sperrangelweit offenstand und ein ungewohntes Chaos im Inneren offenbarte. Ebenso wie das Bett, dass komplett durchwühlt schien, auf dem Boden lagen Dinge, die sie nicht klar ausmachen konnte, aber eines wusste sie: Das verhieß nichts Gutes. Sie wich zurück und musste das Gesehene erst einmal mit einem tiefen Atemzug verdauen. Ein vor Chaos schreiendes Zimmer? – Das war so gar nicht Marleen. Hier hatte offensichtlich der Wahnsinn getobt. Vielleicht war sie aber auch besonders unordentlich, vielleicht war gerade das Marleen? Und wieder fragte sie sich: Wie gut kannte sie Marleen wirklich?

Ihre Gedanken brodelten eine schräge Suppe zusammen: Nein, nein, aus! Sie packte sich an die Stirn, und als sie den Griff wieder etwas lösen konnte, zeichneten sich tiefe, von Weiß zu Rot wechselnde Furchen in der Haut ab. Ihr Mund stand weit offen und vermochte es dennoch nicht, Luft in die Atemwege zu schaufeln. Nach einigen Sekunden löste sich die Starre auf, sie musste husten. Der Speichel schien sich versehentlich ihre Luftröhre hinabgewagt zu haben, und es schnürte ihr die Kehle zu. War ihre Freundin in Schwierigkeiten? Sie hustete den Gedanken aus: »Hier stimmt etwas gewaltig nicht!« Aber was? Noch konnte sie fliehen, ihre Augen, die sie in eine weichgezeichnete, heile Welt der Unkenntnis einlullen versuchten, fixierten die Wohnungstür.

Ein fast vergessen geglaubtes archaisches Bedürfnis nach Schutz pumpte sich aus den Untiefen ihrer Seele hoch. Es verheddterte sich letzten Endes in dem synaptischen Wirrwarr eines Hirngespinsts. Die fehlgeleiteten Impulse waren schmerzhaft und erinnerten sogar streckenweise an eine ohne Narkose durchgeführte Lobotomie, sofern sie sich diese vorstellen konnte. Sie versuchten Lina mit jedem grellen Lichtblitz aus der Gefahrenzone zu katapultieren. Immer und immer wieder durchfuhren sie schmerzhafte Stöße, und es wurde immer unerträglicher. Kalter Schweiß sammelte sich auf ihrer Stirn, und ihr Puls raste. Sie musste raus! Doch dann geschah etwas Unerwartetes:

In all der Panik, in all dem Chaos, in all dem Schmerz sammelte sich ein kleiner Haufen Mut an. Lina versuchte sich auf diesen zu fokussieren, war er noch so klein. So hatte sie es beim Yoga-Kurs gelernt. Ein mühsam erlerntes und unzählige Male erprobtes DIY-Hilfsprogramm, dass nun im Ernstfall sogar hätte Leben retten können.

Trotz des scharfen Geruchs atmete sie tief ein und tief aus und ein und aus, und die Abstände wurden länger, die Luftstöße gleichmäßiger und erreichten alle vorher vor Panik ertaubten Bereiche ihres Körpers. Bis sie nach einigen Sekunden, vielleicht waren es Minuten, wirklich so weit war, ihr Schicksal herauszufordern und den Endgegner, der in der dämonischen Dunkelheit des Schlafzimmers auf sie wartete, zu bezwingen. Sie fasste all ihren Mut zusammen und stieß einen lauten Seufzer aus.

Sie war niemand, der sich von Panik in die Schranken weisen ließ, das hatte sie sich vor Jahren abtrainiert. Sie hatte einiges gesehen und, was nur wenige, enge Vertraute wussten, bereits in der Kindheit einiges erlebt, was sie jahrelang in eine schwere Decke des Schweigens gehüllt hatte. Um es allein zu ertragen und größeren Schaden von der Familie abzuwenden. Ihr Großvater würdigte ihr Verhalten damit, sie immer öfter in Ruhe zu lassen, und irgendwann, mit einem großen Bogen um ihre Intimsphäre. Das hatte sie stark werden lassen, manches Mal sogar gefühlskalt. Der dicke Panzer war für einiges gerüstet, dennoch war sie nicht auf das vorbereitet, was sie in der Schattenwelt von Marleens Schlafzimmer erwartete.

Sie nahm all ihre schlimmen Erinnerungen zusammen und war sich sicher, *so schlimm konnte es nicht sein,* als sie die Tür aufstieß und den ersten Fuß über die Schwelle ins Dunkle setzte. Ihre Augen brauchten eine Zeit, um sich an die Dunkelheit zu gewöhnen, ihr Ziel war, die Vorhänge zu erreichen und die Kraft des Lichts zu nutzen, um das Unheil aus dem Zimmer zu jagen. Doch so weit sollte es nicht kommen. Denn trotz der festen Überzeugung, dieses Vorhaben zum Erfolg zu führen, verschlang sie die Dunkelheit oder besser das, was diese zu verbergen versuchte.

Als Lina auf dem Weg zum Vorhang am Bett vorbeiirrte und dabei ihr Blick kurz das Chaos streifte, erstarrte sie. Ein kalter Schock erwischte sie und strahlte sofort in alle Gliedmaßen, sodass ihre Füße auf der Stelle zu stehen kamen und sich ihr Körper krampfhaft in sich zurückzuziehen versuchte, um dem Ungeheuerlichen auszuweichen. Auch wenn sie es nur schemenhaft wahrnahm und lediglich erahnen konnte, war sie so verstört, dass der alles befreiende Aufschrei sich in ihren Eingeweiden verhedderte und nicht entfernt die Schwingungen der Luft erreichen konnte. Und so verstummte er im Keim.

Lina wusste nicht mehr, wie lang sie in diesem entmenschlichenden Szenario zu einer Salzsäule erstarrt war, einfach nur dastand und allerhand damit zu tun hatte, nicht das Bewusstsein zu verlieren. Dann rannte sie los, knallte die Schlafzimmertür auf, verhedderte sich leicht im Schuhchaos, schmiss sich gegen die Wohnungstür und lief Marleens Nachbarn auf dem Flur des vierten Stocks direkt in die Arme. Er war es dann auch, der die Polizei verständigte, während Lina weiterhin gegen die pelzige Trockenheit auf der Zunge kämpfte, die sie unaufhörlich Speichel schlucken ließ, an dem sie fast zu ersticken drohte.

X

Es vergingen nur wenige Tage, bis die Polizei Marleens Handy auswerten konnte und auf ihr Tinder-Profil stieß. Schnell sprang ihr Nachrichtenverkehr mit Lucien ins Auge, der sein Profil mittlerweile gelöscht hatte. Die Datenauswertung der Polizei hatte erbracht, dass es sich bei Lucien um ein *Fake-Profil* mit falschen Angaben bei der Registrierung gehandelt haben muss. Die vielen Profilfotos fanden sich auch andernorts im Netz wieder und wurden einem Mann aus Frankreich zugeordnet, der den Identitätsraub schon vor Monaten den französischen Behörden gemeldet hatte. Von Lucien blieben nur ein paar Nachrichten. Auch seine letzte wurde rekonstruiert, darin hieß es: »Ein letzter Gruß. Rose, Rose, Rose. Haha, wie dumm bist du eigentlich, du Schlampe? Dachtest, du könntest dich verstecken. Dachtest, du könntest mir entfliehen. Doch falsch gedacht, ich bin ganz nah bei dir! Ich riech deinen fauligen Atem! Smiley. Und jetzt komm ich dich holen! Jetzt triffst du den Mann, den du verdiehnst! Rose, Rose.«

Die Wohnung wurde damals auf den Kopf gestellt. Die Idee war, den Tathergang genau zu rekonstruieren. Was sich zunächst als schwierig gestaltete, da die Mordwaffe fehlte und Marleens Kopf zertrümmert wurde.

Ein Täterprofil wurde erstellt und auch Marleens Vergangenheit als Stalkingopfer rückte wieder in den Vordergrund, so sehr sie sich auch zuvor bemüht hatte, diese Zeit hinter sich zu lassen.

Die Polizei stellte Nachforschungen an, dabei kamen auch viele unschöne, private Details ans Licht, von denen selbst ihre Mutter nichts wusste. Es wurden Tabletten gefunden, viele Tabletten, die Marleen davon ablenken sollten, dass sie allein der Welt *da draußen* nicht gewachsen war. Was sie zu leisten vermochten, war lediglich, dass Marleen stark zunahm und sich in ihrer Wohnung vergrub. Das schützte sie monatelang. An diesem 12. Oktober aber wurde es ihr zum Verhängnis.

Die Spurensicherung hatten in einem der Container im Innenhof einen blutgetränkten schwarzen Hoodie gefunden, welcher wenig später klar dem Täter zugeordnet werden konnte. Die braunen Flecken im Bad wurden ebenso analysiert. Viele stammten von Marleen, offensichtlich hatte jemand eilig versucht, ihr Blut von den Händen zu waschen, und dabei vielleicht übersehen, dass sich Marleen anfangs durchaus gewehrt hatte und es ihr scheinbar im Todeskampf gelungen war, auch ihrem Peiniger Wunden zuzufügen. Was letzten Endes den Durchbruch brachte, das verschwiegen die Ermittler zunächst. Immerhin wurde der Presse mitgeteilt, dass die Forensik DNA-Spuren des vermeintlichen Täters sichern konnte.

Die Zeitungen sprachen von einem Glücksfall in dieser sonst so tragischen Geschichte. Und ein weiterer glücklicher Zufall ereignete sich, als die DNA klar einer Person zugewiesen werden konnte. Nämlich der, die von Marleens ehemaligen Arbeitskollegen und auch Marleen selbst niemals als Verdachtsperson genannt worden wäre, weil »Er« unauffällig war, hilfsbereit und weil Marleen zwar damals in derselben Firma arbeitete, aber nicht einmal seinen richtigen Namen kannte. Für sie und die meisten anderen Kollegen war »Er« lediglich der »Geek«.

XI

Nur einmal fiel Stefan S. schräg auf, aber nicht Marleen, sondern einer Ex-Kollegin. Das war, als er sich im Büro im Morgengrauen unerlaubt Zugang verschafft hatte und besagte Kollegin wegen eines dringlichen Termins die Recherchearbeit ausnahmsweise in die frühen Morgenstunden verlegen musste. Sie wunderte sich, dass im Büro der Geschäftsassistenz Licht brannte. Genau hier hatte Marleen noch vor gut einem Jahr am Computer gesessen und ihren Entschluss gefällt, ihr Leben neu zu ordnen.

In seinem dunklen Parker, dem dunklen Hoodie, dessen Kapuze er tief ins Gesicht gezogen hatte erkannte sie ihn nicht, und zögerte nicht, direkt eine Entscheidung zu treffen, nämlich die, ihn geistesgegenwärtig im Büroraum einzuschließen und die Polizei zu benachrichtigen.

Es wurden Dateien pornografischen Inhalts gesichert, einige davon waren möglicherweise strafrechtlich problematisch. Er wurde verhört, Festplatten durchsucht, fragwürdige Inhalte gefunden, wieder verhört und auf Bewährung auf freien Fuß gesetzt. Es wurden aber ebenso DNA-Daten aufgenommen, zum Glück. Noch mehr Glück wäre gewesen, hätten die Beamten einige der Filme genauer untersucht. Sie hätten bemerkt, dass es Videoclips waren, die Stefan S. nicht nur auf Social Media angeklickt und geteilt, sondern dort selbst platziert hatte. Sie hätten darüber hinaus rausfinden können, dass alle Videoclips mit derselben Frauenstimme unterlegt waren. Bei genauerer Betrachtung wäre aufgefallen, dass die freizügige weibliche Person so bearbeitet wurde, dass sie Marleen im Pixelgewitter doch erschreckend ähnlich sah.

Aber so weit ging die Spurensicherung damals nicht. Stefan S. war nie vorbestraft, nie zuvor auffällig gewesen. Er war eher unscheinbar, zurückhaltend, vielleicht etwas weltfremd. Sein späteres Opfer wusste nicht, dass ihr unscheinbarer, aber recht hilfsbereiter Kollege einige Monate nach ihrem Weggang aus der Firma entlassen wurde, weil seine Arbeit unter seiner Obsession litt, so wie alles andere in seinem Leben. Sie wusste nicht, dass er es nie verkraftet hatte, dass sie ihn damals zwar als hilfsbereiten Arbeitskollegen ansah, aber sich auf keinen Fall eine Beziehung mit ihm vorstellen konnte.

Er hatte sie auf Mallorca getroffen, da sie zur selben Zeit, denselben Strand besuchten. Zufälle gibt es, dieser aber war keiner, denn Stefan S. hatte seinen Urlaub akribisch nach Marleens flüchtigen Informationen während des gemeinsamen, kollegialen Mittagsessens in der Kantine geplant. Doch hatte er wohl überhört, dass ein gewisser Thomas mit Marleen diesen Urlaub gebucht hatte. Das hatte Stefan S. nicht gewusst und nie verkraftet. Wieso hatte sie ihm nie gesagt, dass sie einen Partner hatte? Warum hatte sie nie »nein« gesagt? Dann war er in Windeseile abgereist und hatte fluchtartig das Hotel verlassen, in dem auch Marleen und Thomas untergebracht waren. Auf dem Rückflug kreisten seine Gedanken nur um Marleen, aber anders als auf dem Hinflug war etwas Düsteres in sein Seelenleben gekehrt.

Ein Monster war erwacht, und es schrie nach Vergeltung. Er hatte Schmerzen, die sich tief in sein Herz eingruben. In seinen Augen blitzten unaufhörlich kleine leuchtende Punkte auf. Dann wurde plötzlich alles schwarz, und er musste sich auf dem Flug sogar übergeben. Es schnürte ihm die Kehle zu. Er drohte zu ersticken. Er hatte komplett die Kontrolle verloren: über sich, über sein Leben und über das, was für die Außenwelt normal schien. Sein einziger Fokus war Marleen, und die war nun ein Stück weiter in nie zu erreichende Ferne gerückt. Es sei… es sei denn… es sei denn, sie sei … und immer wieder kreisten in seinem wirren Kopf noch wirrere Ideen.

Wie könnte er es schaffen, ihr Leben komplett unter seine Kontrolle zu bringen? Immerhin war er auf einem guten Weg, denn er hatte nun den nötigen Zorn, endlich aus der Passivität auszubrechen und sein Schicksal aktiv in die Hand zu nehmen. Vor allem aber hatte er Marleens Handynummer. Und dank ihres naiven Glaubens an das Gute und seiner Fähigkeiten, sich im Dschungel der digitalen Welt zurechtzufinden, hatte er alle wichtigen dazugehörigen Daten.

Dann begann die zweite Phase der Entgleisung, und er polterte seine irre geleiteten Gefühle in diesen digitalen Kosmos. Was sich zuvor dringend nach Entspannung sehnte, verkehrte sich in brodelnden Hass. Irgendwann waren aus hasserfüllten Privatnachrichten, öffentlich-aggressive Botschaften und Bewegbilder mit abstoßenden Inhalten geworden. Zunächst hatte er einfach irgendwelche schmutzigen Videos weitergeleitet, in Phase Zwei wusste er bereits, diese nur allzu gut zu manipulieren. Sie alle hatten nur einen Zweck: sie sollten Marleens Ruf schädigen. Sie sollten sie in die Tiefe ziehen, runter zu ihm, unter ihn, unter seine Kontrolle.

Marleen wusste damals nicht, wer ihr Peiniger war, und wandte sich in ihrer Verzweiflung sogar an ihn selbst. Zu dem Zeitpunkt war sie da, wo er sie haben wollte. Zumindest in der virtuellen Welt war sie ihm ausgeliefert. Er bot ihr seine Hilfe an, er schlug sogar vor, dass sie ihr Handy wechseln sollte, und half ihr dabei, ein neues zu besorgen. Er war bemüht, ihr in jeder Art und Weise rund um die Uhr zur Seite zu stehen, und tat es. Das war es, dieses Gefühl von Leichtigkeit, dieses Gefühl, Herr seiner selbst zu sein, das kannte er vorher nicht. Er hatte absolute Kontrolle, nicht nur in der virtuellen Welt, sondern – so schien es fast – nun auch in der realen.

Nach dem lautlosen Weggang seines Vaters lebte Stefan S. weiter Seite an Seite mit seiner Mutter in dem kleinen roten Klinkerbau. Der kleine Vorgarten beherbergte einen Gartenzwerg, der freudestrahlend an einem Schild mit der Aufschrift »Willkommen« lehnte. Auch nachdem er *endlich* einen Job in der zwanzig Kilometer entfernten Kleinstadt gefunden hatte, fühlte er sich weiter in seinem ehemaligen Kinderzimmer heimisch. Hier konnte er die Rollläden zuziehen und die Tür verschließen, wenn er sich des nachts mit Pornofilmen aus dem Darknet zumindest kurzfristig befriedigen und von seiner Arbeitskollegin ablenken konnte.

Frau S. beschrieb ihr Verhältnis später als sehr innig. Sie sorgte sich ständig um *Stef*, wie sie ihn liebevoll nannte. Vielleicht manches Mal zu viel und an passender Stelle doch zu wenig, wie sie sich selbst kritisch reflektierte, als sie sich an den Polizeieinsatz vor ein paar Monaten erinnerte. »Das mit den schlimmen Filmen, das war schon nicht schön. Aber Jungs sind so.« Sie hatte sich dabei nichts weiter gedacht und räumte Fehler ein. Sie hatten ja nichts – außer sich, eine kleine Rente und sein Gehalt. Von seiner Kündigung wollte sie nichts gewusst haben und brach in Tränen aus: »Diese schrecklichen Vorwürfe! Das war nicht mein

Stefan! Das konnte nicht sein! Er war immer ein guter Junge, wissen sie?!«

Als die Ermittler nach Marleens Tod sein Zimmer durchsuchten, entdeckten sie mehrere SIM-Karten für Mobiltelefone, die nicht auf seinen Namen ausgestellt waren. Diese hatte er mit GPS-Trackern kombiniert, um Marleen, ihren Freund und den jagdgrünen *Ford Escort* ihrer Mutter per Satellit zu orten. Die Polizei stellte unter anderem fest, dass sich nach Marleens Tod noch immer ein Tracker am Wagen ihres Ex-Freundes befand. Genau der Wagen, der nach einem netten Abend im Kino vollkommen zerkratzt wurde und bei dem später vor dem Haus von Marleens Eltern zwei Reifen aufgeschlitzt worden waren. Aber irgendwann war weder Thomas' Wagen noch Thomas für Stefan S. interessant.

Er hatte Marleens virtuelle Welt einsehen können und fand heraus, dass sich Thomas von ihr getrennt hatte. Er empfand damals eine Art Freudentaumel, und war vollkommen euphorisiert von dem Gedanken, dass sein düsteres Spielchen Früchte trug. Im selben Moment stürzte er sich immer weiter hinein in diese mystische Welt, in welcher er für Marleen eine Rolle spielte, ihr ganz nah war, so nah wie niemand sonst, in der er förmlich in sie hineinkroch. In einer Welt, die er mühsam um sie und für sie aufgebaut hatte – wenn auch eigentlich für sich selbst.

Seine eigene Realität hatte er vollkommen vernachlässigt. Die einzigen Male, die er mit dieser konfrontiert wurde, fanden nur bei Abendbrot oder Kuchen mit seiner Mutter statt oder auf der Arbeit, wo er für seine schrägen Kommentare und kruden politischen Vorstellungen belächelt wurde. Niemals jedoch bekam er Zuspruch. Niemals wurde er von

79

irgendjemand bewundert. Deswegen schwieg er hier immer öfter, immer mehr. Irgendwann verschwand er zwischen all den namenlosen Gesichtern und ging in der Masse weiter unter. Doch Marleen löste etwas in ihm aus. Seine Sozialphobie war nicht mehr allein ein Lebensgefühl, sondern sie wurde zunehmend Taktik. So oder so ähnlich versuchte es sich Stefan S. selbst schön zu reden, wie er gegenüber den Beamten einmal – ungewohnt reflektiert – eingestand.

Marleen hatte ihn in dieser damaligen Welt vielleicht ein einziges Mal wirklich wahrgenommen. Sie hatten sich mit zwei weiteren Kollegen sogar zum Kino verabredet. Dabei hatte sie sich einige Sekunden an seinen Arm gelehnt, vielleicht unbewusst, vielleicht unbemerkt, versehentlich. Für Stefan S. war es der Anfang von etwas Großem, etwas Allumfassenden, etwas Furchtbarem, etwas Zerstörerischem, etwas letzten Endes Tödlichem. Und als Marleen dann schließlich kündigte, fiel es ihm immer schwerer, den Raum zu betreten, der sich Leben nannte. Bis er diese Welt vollkommen vernachlässigte. Was sollte er schon hier? In einem Raum, in dem er ein Niemand war, in dem niemand da war. Warum nicht ein neuer Raum, in dem er *ALLES* war?

Das war so einfach. Das war reizvoll. Das war pure Macht. Das war Leben. Er erfand mehr als 30 Profile bei diversen Plattformen. Zunächst verfasste er öffentlich Hassbotschaften, die Marleen in die Ecke drängen sollten. Dann lud er die bearbeiteten Videos öffentlich hoch, um sie weiter zu schikanieren. Das war irgendwann aber nicht genug – er war zu gut in dem, was er tat, ihr antat.

Wie im Rausch wollte er immer mehr in sie eindringen, sie von innen aushöhlen, sie am Boden sehen, bettelnd, dass er sie doch verschonen solle.

Marleens Weggang nach Berlin machte einiges kompliziert, schlug ihn in seinem Plan zurück. Aber im digitalen Kosmos waren sie sich weiterhin nah. Denn er war fleißig gewesen, und hatte zuvor sämtliche Passwörter und Log-in Daten von Marleens Handy sichern können. Ihr digitaler Fußabdruck leuchtete rot, *blutrot*. Somit vermochte sie auch nicht in einer Millionenmetropole unterzutauchen.

Er witterte sie auf dem Datenhighway und wäre ihr sogar bis ans Ende des World Wide Web gefolgt, wäre dies möglich. Das war seine Welt. Hier legte er die Spielregeln fest. Und er war nicht nur gut darin, er war der Beste! Er war ein Gott! Und Gott entschied, dass Marleen sich wirklich bei Tinder angemeldet hatte. Er legte weitere Profile an, und dann – tatsächlich – war es ihm mit Luciens Hilfe gelungen, sich in ihren Kopf zu pflanzen und seine Saat für seinen wohl teuflischsten Plan zu platzieren.

Marleens plötzlich aufflammende Liebesbekundungen für irgendein billiges Fake-Profil, welches er in 20 Minuten zusammengewürfelt hatte, ließen das Fass überlaufen. *Diese Schlampe!* Und er wusste, sie verdiente seinen Respekt nicht. Sie hatte es nicht verdient glücklich zu sein, wenn er es nicht war. Niemand sollte sie haben, erst recht nicht ein *Lucien* – vielleicht aber ein *Luzifer?*

♟♟ ♟

XII

Er hatte auch anschließend in den vielen Verhören nie bestritten, Marleen getötet zu haben, er konnte sich nur an die Tat selbst nicht mehr im Detail erinnern, z.B. woher er so schnell den Hammer hervorholte oder ob er diesen schon zuvor bei sich trug.

Gegenüber der Staatsanwaltschaft und Marleens Eltern hatte er mit akribischer Genauigkeit geschildert, wie er die Tat plante: Er war mit Handschuhen, Sturmhaube und Kabelbindern in die Wohnung eingedrungen. Und ja, er hatte vor Wochen ein Jagdmesser gekauft, das er an diesem Tag bei sich trug. »In 'nem kleinen Waffenladen, ganz in der Nähe von Marleens Haus.« Eine Jagdlizenz hatte er dafür nicht vorzeigen müssen, und auch sonst hatte der Verkäufer keine unliebsamen Fragen gestellt. Als sie ihm gekündigt hatten, nutze er jede Chance, um sich auf ins ferne Berlin zu machen. Er verbrachte auch schon mal Stunden im *Opel Corsa* seiner Mutter, parkend nahe Marleens Wohnung. Er sah sich in der Nachbarschaft um, recherchierte und kannte irgendwann Marleens Tagesablauf besser als sie selbst.

Als Lucien Marleen im Netz ansprach, hatte Stefan S. bereits einen halben Tag im kleinen roten Wagen mit dem Hund-an-Bord-Sticker verbracht und war anschließend mehrfach um den Gebäudekomplex in Friedrichshain gelaufen, um irgendeine Schwachstelle zu finden. Er beobachtete die Menschen, die hier ein- und ausgingen, und stellte fest, dass niemand die Eingangstür verschloss. Es war somit ein Leichtes, in den Innenhof zu gelangen.

Und wie es das Schicksal wollte, hatte die Sanierungswelle in der Hauptstadt auch dieses Gebäude getroffen. Somit war an diesem Tag ein fünfstöckiges Stahlgerüst der Fassadenbaufirma dort aufgebaut, wo sich Marleen mittels Küchenfenster etwas Atemluft nach dem misslungenen Erbseneintopf-Microwellendesaster verschaffen wollte. Die Baustelle war um diese Uhrzeit nicht mehr besetzt, und die drei Familien, die einen guten Blick auf das Gerüst hatten, waren bereits in den Schulferien untergetaucht. Und auch in der Wohnung des Rentnerehepaares brannte kein Licht. Der Bewegungsmelder war ebenso ein leichtes Spiel. Der Weg war frei. Diese Einladung konnte er nicht ausschlagen! Er hatte sich diesen Moment oft ersehnt, war ihn in Gedanken durchgegangen, hatte sogar vorher mögliche Abläufe geübt, und vor allem wusste er, dass Marleen unterwegs war, um Lucien zu treffen.

Durch das Küchenfenster zu gelangen war ein Leichtes, sicherlich half ihm sein schlanker Körper. Er hatte sich anschließend in ihrer Wohnung versteckt, zunächst hinter ihrem Sofa. Die *Friheten*-Couch war weit genug von der Wand entfernt und so fielen selbst Marleen die zusätzlichen fünf Zentimeter nicht auf.

Er war hautnah dabei, wie sie allein eine Schachtel Himbeereis leerte, während ihre Lieblingsserien sie stundenlang vom eigenen Dasein abzulenken versuchten und sie immer wieder kurz einschlief. Die Nacht näherte sich und er spürte, wie schwer es ihr fiel, sich Richtung Bett aufzuraffen.

Als er hinterm Sofa hervorkroch und sich hinter der Wohnzimmertür positionierte, sah er durch einen Spalt, wie sie sich im Badezimmer abschminkte. Er schlich ihr hinterher, Richtung Schlafzimmer und beobachtete, wie sie sich anschließend in ihre mintgrüne Decke einhüllte. Er wollte den richtigen Zeitpunkt abwarten und genoss die Stunden, die er ihr nah war. Er schmeckte ihren Atem, er roch ihren Schweiß, er schwor, dass er ihr Blut durch ihre Adern fließen sah, und bei jedem Atemstoß oder Seufzer hüpfte sein Puls freudig irritiert.

Es war tief in der Nacht, als er vorsichtig durch die Schlafzimmertür glitt, die nur kurz aufzuheulen drohte und direkt in der Dunkelheit wieder verstummte. Marleens schwere Atemgeräusche verstummten kurz, nahmen aber wenige Minuten später wieder Fahrt auf. Erst jetzt wagte er, wieder Luft zu schnappen, und fasste einen folgenschweren Entschluss, *Marleen muss heute sterben!*

Er stand über ihr, die Klinge festumschlossen in der rechten Hand, und er hätte jetzt direkt zustoßen können. Sie war ihm schutzlos ausgeliefert. Er musterte ihre Silhouette, eingeschlossen in ihrer Bettwäsche, und wusste, ihr Schutzdeckchen würde ihr nichts helfen – gar nichts – wenn er es nur wollte. Doch irgendeine überwältigende Kraft zwang ihn dazu, diesen Zeitpunkt noch etwas hinauszuzögern. Er verharrte einige Minuten in dieser Position und beschloss dann doch, sich unter ihr Bett zu legen. Zunächst war es ein kurzer Versuch, diesen Moment des Triumpfes festzuhalten, dann wurden daraus Stunden.

Er war schweißgebadet, so erinnerte er sich später, und umklammerte das große Jagdmesser. Den Bruchteil einer Sekunde hatte er darüber nachgedacht, sich selbst die gehärtete Stahlklinge ins Fleisch zu schlagen und die Geschichte so enden zu lassen, aber wer würde ihm nachtrauern? Wer vermisste ihn? Was war sein Leben wert, wenn er sein Vorhaben nicht vollenden würde? Und er schob den Gedanken schnell beiseite.

Er konnte die Nacht kein Auge zutun, so erregt hatte sie ihn. Aber so sehr, wie er die Situation unter Kontrolle glaubte, so akribisch, wie er die Tat geplant hatte, so wenig konnte er sich entscheiden, wann er zuschlagen würde. Er war irritiert, wie sehr er ihre Nähe genoss, wie sie nicht ahnte, wer unter ihrem Bett jeden Atemzug inhalierte und aufmerksam jede Regung mit Erregung quittierte. Er wusste, dass sie ihm ausgeliefert war. Quasi wie in Trance, kam er erst am Morgen wieder zu sich und beobachtete sich, wie er schweigend beiwohnte, als sie mit sich gerungen hatte, dem Chef abzusagen und ein schnelles Frühstück im Bett, nur wenige Zentimeter über ihm und von seiner Klinge entfernt, einzunehmen. Sie schmatze leicht beim Essen und atmete schwer. Er hob langsam die Hand, in der sich die Klinge befand und richtete deren Spitze Richtung Lattenrost auf.

Sein Puls raste als die scharfe Kante des Messers die weichen Lücken zwischen den Brettern absuchte. Sollte er jetzt zustoßen oder warten? Würde es ihn befrieden, wenn er nicht ihren schockierten Gesichtsausdruck sehen konnte, in dem Moment, wenn die Spitze des Messers das erste Mal auf ihren Körper traf und nach einem kurzen Hindernis fast seicht in die Tiefen ihres Körpers glitt, erst einmal, dann zweimal, dann … Er hielt kurz inne, um sich das Bild genau vor Augen zu führen und es weiter auskosten zu können.

Er wollte diesen Moment so lang wie möglich festhalten. Vielleicht war sie so geschockt, dass, wenn er anschließend unter dem Bett hervorschnellen und sie an ihren Haaren zu sich heranziehen würde, ihre aufgerissenen Augen um Vergebung flehen würden, aber da war es zu spät und er würde ein weiteres Mal zustechen und noch ein weiteres Mal. Vielleicht zunächst in ihren Bauch, dann in ihre Brust, vielleicht auch in ihr Gesicht. Vielleicht musste er diese riesigen Augen von all ihren Lügen befreien, von all den falschen Blicken. Vielleicht musste er ihre Zunge abschneiden, damit sie keine falschen Versprechungen mehr machen konnte und ihre Hilfeschreie, nur noch zu animalischen Lauten verstümmelt, ihren Rachen verließen. Würde es nicht schöner sein, all das von Anfang an zu genießen? Unterm Bett würde er die Hälfte des großen Finales womöglich verpassen. Nein, er musste diesen Moment in vollen Zügen auskosten. Das Zeitgefühl hatte er völlig verloren.

Plötzlich wurde er unsanft aus diesem fast wohlig anmutenden Gedanken gerissen. Ihm wurde die Entscheidung abgenommen, als sie plötzlich fluchtartig das Zimmer Richtung Bad verlassen musste. Er schrie stumm auf und stieß im Schock die Spitze des Messers in die weiche Matratze zwischen den Lattenrost. Marleen war weg. Mit einem Satz sprang er unter dem Bett hervor. Es war an der Zeit, sein Kunstwerk zu vollenden, sich ein Denkmal zu setzen mitten in Marleens schockiertes Gesicht. Er hörte, wie sie sich im Nebenraum erleichtern musste. Das war abstoßend, sie war abstoßend. Er erinnerte sich wieder, warum er gekommen war und warum er sie so abgrundtief verabscheute. Er erinnerte sich daran, warum sie sterben musste und keine Gnade erfahren durfte.

Und dann ging alles ganz schnell. Als sie aus der Toilette zurück ins Zimmer kam, übermannte er sie mit all seiner Wut und schmiss sie zurück in ihr Bett. Zwischen Kopfkissen und farbidentischer Decke stach er das erste Mal leibhaftig auf sie ein. Das war weniger koordiniert als gedacht, eher wahllos in irgendeine freie Stelle ihres Körpers, die ihre Arme und Beine nicht reflexartig schützen konnten.

Dann noch mal, dann wieder, dann schaffte es Marleen einen seiner Stiche abzuwehren, aber der nächste saß und bohrte sich umso tiefer in ihre Eingeweide. Mit jedem Stich wurde sie schwächer und schwächer. Und obwohl ihr Körper unter dem Schock zu fast unmenschlichen Höchstleistungen auffuhr, sie wild um sich schlug und schrie und schlug und sich schüttelte und schlug und biss und kratzte, gelang es ihr nicht, Stefan S. von seinem Plan abzubringen.

Ihre Schreie wurden schwächer und schwächer. Als Stefan S. schließlich mit der rechten Seite seiner Klinge ihre Kehle einschnitt, pumpte ein großer Schwall Blut auf die mintgrüne Decke, und die Schreie verhedderten sich zu menschenfremdem Gluckern und verendeten letztlich im Grunzen. Irgendwann verstummte auch dieses. Das Bett war in eine Wanne voll Blut verwandelt. Das Zimmer schrie nach Chaos. Um sein Werk zu vollenden, holte Stefan S. irgendwoher – vermutlich hatte er ihn bei seiner Wohnungsdurchsuchung zuvor in dem kleinen Abstellraum hinter der Küchentür gesehen – einen Hammer. Niemand sollte Marleen je wieder so sehen, so wie sie ihn einst angelächelt hatte, so wie sie eben lächelte, wenn sie den Mut nicht aufbringen konnte, »nein« zu sagen. Niemand würde das nun mehr nachvollziehen können. Niemand durfte das! Jeder sollte stattdessen sehen, was mit ihr geschehen war. Das drohte jedem, der ihn getäuscht hatte, genötigt hatte, enttäuscht hatte, verletzt hatte. Aber eigentlich vermochte das nur Marleen. Ihre unmenschliche Fratze sollten sie in Erinnerung behalten. Diese war so grausam entstellt, dass sie nun besser zu ihrem inneren Gefühlschaos passte. So hatte er sich das vorgestellt, genauso fühlte er selbst sein innerliches Chaos.

XIII

Lina hatte Marleen damals gefunden. Stefan S. saß zum selben Zeitpunkt am Esstisch mit seiner Mutter. In der Kaffeekanne war nur noch eine Pfütze braune Substanz auszumachen, aber der Raum duftete wohlig nach Brotzeit im Kaffeehaus. Sie hatten es sich richtig gut gehen lassen. Er hatte unaufgefordert Aufschnitt und grobe Mettwurst gekauft, die gute, teure, die sie sich sonst nie leisten würden. Und zur Feier des Tages durfte sogar Familienhund *Celine* die Mettenden der ortsansässigen Fachfleischerei verspeisen. Trotz falsch verstandener Tierliebe, so ein Festmahl gab es für den *Bichon Frisé* eher selten. Weder Hund noch Hundemama wussten, welchen Grund Stefan S. zum Feiern hatte. Sie sprachen selten über Gefühle. Sie sprachen eh selten. Eigentlich war Stefan S. immer in seinem Zimmer verschwunden, welches er sorgfältig abriegelte. Nach seiner Kündigung hatte er sich noch mehr zurückgezogen und auch das eine oder andere Mittagsessen ausfallen lassen. Seine Mutter war besorgt. Dann, *ein Lichtblick,* hatte er doch angeblich einen Arbeitsauftrag im fernen Berlin bekommen. Dort hätte er beim Aufbau des neuen IT-Zentrums helfen müssen, immer mal wieder. Da brauchte er mal den Wagen. »Das kann auch mal länger dauern.« Der Rest ginge sie nichts an, so wie sie auch der eigentliche Grund nichts anging.

Auf dem Rückweg war er gefühlt den ganzen Tag gefahren. Zuvor hatte er seine blutgetränkte Kleidung einfach im Innenhof des Gründerzeithauses entsorgt. Er hatte eine Notfalljacke und seine Arbeitshose aus dem Kofferraum gefischt. Diese lagen immer griffbereit im Wagen, falls er für einen Aushilfsjob angefunkt wurde. Das Geld hatte er gut gebrauchen können, gerade in der Zeit, nachdem ihm gekündigt wurde. Jetzt stellte sich dieser Umstand als besonders hilfreich heraus, denn so konnte er vermeiden, dass auch die Autositze des Wagens seiner Mutter, unschöne Erinnerung an Marleens Todeskampf trugen. Dass alles so blutig sein könnte, das hatte er zuvor angeblich gar nicht so richtig bedacht. Danach war er Richtung Norden gefahren, ohne konkreten Plan. Er hielt, um den Hammer irgendwo, es musste Mecklenburg-Vorpommern gewesen sein, in einem See zu entsorgen. Anschließend musste er zum Pinkeln halten: »Das musste an einem verwaisten Parkplatz gewesen sein, so einer, wo die sanitären Anlagen massiv nach Urin stinken.« So sehr wie es ihn anekelte, er nutze diese, um sich ausgiebig zu waschen.

Nur von dem Messer konnte er sich zunächst schwerlich trennen. Aber irgendwann, es war bereits tief in der Nacht, und der Tank zeigte nur noch einen Balken an, überwand er sich, und nutze eine Raststätte im Nirgendwo bei Bremen, um das Messer hier zwischen Büschen zu vergraben. Er tankte den Wagen voll, kaufte sich zwei Buletten im Brötchen mit Senf, sowie eine Bifi, drei Schokoriegel und einen Liter Cola und fuhr weiter Richtung Nordsee. Nahe eines verlassenen Dünenstrandes hielt er an, um die Nacht hier zu verbringen. Am späten Nachmittag erreichte er den kleinen Klinkerbau. Seine Mutter war noch unterwegs bei einer Freundin, nur *Celine* begrüßte ihr Herrchen freudig-kläffend. Stefan S. überraschte seine Mutter später am Esszimmertisch, mit einer üppigen Brotzeit. Er hatte sogar ihre Lieblingsschinkenwurst gekauft, würde sie sich gegenüber den Beamten erinnern. Und fügte hinzu: »So entspannt hatte ich ihn lange nicht erlebt. Das machte mich glücklich! Wirklich glücklich.«

Lina hatte weniger Glück. Später würde sie nur stockend und mit zittriger Stimme berichten können, wessen Tollwut sie hier Zeugin wurde. Die Erinnerung an das Bild ließ sie noch Jahre später schlecht in den Schlaf finden, trotz hochmotivierter Therapeutenschaar. Sie lernte mit der Zeit, das verstörende Bild, was sich im Schlafzimmer ihrer Freundin bot, immer weiter zu verdrängen. Irgendwann schrie es nur noch aus der Ferne auf, das Bild eines Schlachtfeldszenarios, auf dem nicht Soldaten, sondern ein barbarisches Monster gewütet hatte.

Dennoch blieb die Erkenntnis, dass dieses Monster im Blutrausch ihre Freundin zu einem Berg aus Fleisch und Eingeweiden verstümmelt hatte. Und dass sich Marleen gegen diesen Gewaltakt massiv gewehrt hatte. Zehn Messerstiche wurden in der Obduktion gezählt, die aber nicht zum Tod geführt hatten. Auch als Marleens Schreie unterdrückt verstummten, da ihre Kehle von links nach rechts aufgeschlitzt wurde, atmete sie noch. Es ähnelte eher einem wilden Röcheln. Aber als ihr Peiniger ihr Gesicht mit einem stumpfen Gegenstand zertrümmerte, lebte sie noch, zumindest gab das der Obduktionsbericht an.

Er holte nicht ein Mal aus, nicht zwei Mal, nein, ganze drei Mal schlug er mit all seinem aufgestauten Hass und aller Wucht in ihr bereits blutüberströmtes Gesicht, sodass Knochen wegsplitterten und sich ein Gemisch aus Blut und Gehirnmasse auf der Bettdecke verteilten und das ursprünglich bei vielen Kunden beliebte mintgrüne Muster eines schlauen Designerhirns in einen ewig anhaftenden Alptraum verkehrt wurde. Denn in eben diesem ursprünglich verspielten Design fand Marleen bzw. der Mensch, der hier viele intime Träumereien ausgeheckt hatte, einen grausamen Tod. Es war nicht mehr auszumachen, wo einst Augen, Mund und Nase ein schönes Tinder-Profillächeln formieren vermochten, stattdessen klaffte ein großes Loch zwischen Marleens markanten Wangenknochen auf.

DNA-Tests bestätigten zweifellos, dass es sich bei diesem Fleischberg um die junge Frau gehandelt haben muss, aber selbst ihre Mutter vermochte nicht, sie zu erkennen, obwohl sie nach der klärenden Obduktion fein säuberlich gewaschen und professionell für eben diesen Moment präpariert auf einer dafür vorgesehenen und oft erprobten Bahre lag. Es tröstete sie eben auch nur wenig, dass die Polizei nur wenige Wochen später aus einem Verdachtsfall eine Anklage formulieren konnten und Stefan S. für sehr lange Zeit hinter Gittern vegetieren würde. Aber das brachte ihre Tochter nicht zurück, das linderte nur bedingt den Schmerz, den dieser Mann über die Familie gebracht hatte.

Dennoch, die Zeit ist unbarmherzig, und *letztendlich sind wir dem Universum egal*, ein Film den Marleen bis zuletzt immer und immer wieder schauen konnte. Die Jahre würden vergehen. Marleen würde irgendwann von der Prioritätenliste bei den freundschaftlichen Friedhofsgängen entfernt und die Akte von Stefan S. in einen anderen Ordner verschoben werden. Lina hatte – auch viel später noch – tief im Innern versucht, ihre Hoffnung befriedigt zu sehen, dass es Marleen irgendwann schaffte, ihr diesen einen Brief zu schreiben. Der, der alles erklärte und ihr versicherte, dass alles in Ordnung sei. Auch wenn sie wusste, dass dies nie geschehen würde. Was geschehen war, wusste sie aber auch nicht. Auch Stefan S. Mutter konnte sich nicht erklären, was der *Stef* da getan hatte und wie es dazu kommen konnte. Obwohl sie der Gerichtsverhandlung beiwohnen musste.

Die Wohnung wurde frisch saniert und war längst neu vermietet, zu einem x-fachen Preis, den Marleen damals fähig war zu zahlen. Die Eigentümer lebten irgendwo in New York City, weit entfernt über dem Atlantik und weit entfernt von dem Elend, das ihre Vorfahren mit dieser Wohneinheit verbanden. Sie verloren damals die Großeltern und einen Vater in einem Krieg, der viel Leid über die Familie brachte. Während der Vater direkt aus dem Haus in den Transportbus Richtung KZ verladen wurde, waren Bruder mit Schwester und Mutter nach Amerika geflüchtet. Danach kamen die Bomben. Dieses Haus wurde verschont. Dieses Haus hatte so lange Zeit Glück gehabt und Glück gebracht und irgendwann hatte es vor allem Geld eingebracht und einen Erbschaftsstreit provozierte, der unangefochten weiterhin schwelte. Und keiner der Nachfahren verspürte die Muße, sich wirklich über den großen Teich zu wagen und sich ein Bild vom großelterlichen Haus zu machen und im schlimmsten Fall an dessen Schicksal erinnert zu werden. Stattdessen hatten sie einen Makler eingesetzt, einen findigen Geschäftsmann, der mehrere Objekte in diesem Kiez betreute und bisher jede Wohnung an den Mann oder die Frau bringen konnte.

Die Stadt stank dieser Tage streng nach Isolation, vielleicht sogar etwas ekelhafter als je zuvor. Wer damals in der Wohnung gewohnt hatte, wussten die neuen Mieter nicht. Sie wussten auch nicht, dass eine strenggläubige jüdische Familie in den 40ern hier von der Gestapo heimgesucht wurde; ein alkoholabhängiger Pole in den 90ern sich das Leben nahm; und ein Mädchen namens Marleen, deren sozialdemokratische Großeltern den Holocaust überlebten, deren alkoholkranke Tante erfolgreich eine lebensbejahende Therapie absolvierte, in jüngster Vergangenheit genau hier einen grausamen Tod fand. Genau an der Stelle, wo die neuen Mieter ihr 140x200-Bett aufgestellt hatten, um sich nach einem stressigen Arbeitsalltag ganz nah zu sein. Sie hatten vom Makler lediglich erfahren können, dass er ihre Vorgängerin nicht mehr hatte kontaktieren können. Sie hatte Berlin angeblich fluchtartig verlassen und war spurlos verschwunden. »*Ghosting* nannte man das in der Welt des Datings«, wusste der findige Geschäftsmann noch mit einem süffisanten Lächeln hinzuzufügen und den Deal damit zu finalisieren.

Epilog

Marleens Fall steht beispielhaft für Ereignisse, die sich in ähnlicher Form wirklich zugetragen haben. Und vermutlich nicht nur einmal, sondern leider viel zu oft und weiterhin. Ich las von einem Kriminalfall, in dem eine junge Frau ihr Leben verlor, weil ein ehemaliger Arbeitskollege vermutlich nicht fähig war, mit seinen Emotionen umzugehen. Er wertete Zurückweisungen als Aufforderung, sich Kontrolle über diesen Menschen zu verschaffen. Aus Interesse wurde Stalking, aus Stalking Besessenheit, und die Besessenheit ließ ihn mehrere Stunden unter dem Bett in ihrer Wohnung ausharren. Und schließlich wurde aus Besessenheit ein Mord.

Ob es sich so oder anders zugetragen hat, weiß vielleicht die Psychologie, die Spurensicherung, der Täter allein und vielleicht nicht einmal der zu beantworten. Aber in jedem Fall erinnert das Schicksal von Opfer und Täter daran, dass sich in der menschlichen Seele Abgründe auftun. Damit Leben in der Gesellschaft gelingt, werden viele davon vermieden, verschwiegen, verdrängt, doch manch einer ist hilflos und wird übermannt davon, vielleicht als Opfer oder auch als

Täter. Das Interesse daran bleibt und speist den Erfolg unzähliger True Crime Podcasts und auch ein Stück weit den Inhalt von Geschichten wie dieser. Mir liegt es fern, einen Mordfall auszuschlachten. Ich will weder runterspielen noch hochstilisieren. Viel mehr interessiert mich die Gedankenwelt von Opfer und Täter und wie ein Täter auch Opfer sein könnte und wie ein Mensch fühlt, der als Opfer schlimme psychische Pein erleben musste. Ein Mensch, der Terror und Gewalt schutzlos ausgesetzt ist, weil er oder sie einfach zur falschen Zeit am falschen Ort war. Ich kann nur mutmaßen und schöpfe aus einem Sammelbecken von Fakten, Fiktionen und unzähligen Erzählungen, um ein kleines bisschen mehr Licht ins Schattenreich zu bringen. Vielleicht wird man nie die erhofften Antworten bekommen, vielleicht bäumen sich sogar mehr Fragen auf, als zuvor bewusst waren. Gerade in der heutigen Zeit, die immer komplexer zu werden scheint und keine einfachen Antworten zulassen darf. Aber vielleicht ist der Weg schon ein Stück weit Antwort. Und die Auseinandersetzung damit suggeriert wohl doch, selbst in der angeblich sicheren Obhut der Normalität, immer auch ein kleines bisschen am Abgrund zu leben; weil Leben nicht berechenbar ist, was auf eine vielleicht schräge Art auch irgendwie beruhigend wirken kann.

Dieses Buch versucht nicht Ersatz einer professionellen psychologischen Auswertung der Fakten zu sein. Es dient lediglich als Ansatz eines Verstehensprozesses, der sich damit beschäftig, was es bedeutet „Mensch" zu sein. Wieso lieben oder hassen wir? Wieso tragen wir Angst in uns und warum schaffen es einige, diese zu kompensieren und andere nicht? Und so ist diese Geschichte eben als eine gedankenvolle Auseinandersetzung mit dem Thema *Stalking* zu sehen – ohne jeglichen Wahrheitsanspruch.

Dank an ...

... dich, dass du dieser Geschichte deine Aufmerksamkeit gewidmet hast und vielleicht in irgendeiner Weise einen Mehrwert daraus ziehen konntest.

Darüber hinaus danke ich meiner Familie und meinen Freundinnen und Freunden; meinen Vertrauenspersonen, meinen Ratgebern, meinen Kraftspendern und natürlich den unzähligen anderen Geschichtenschreibern, Geschichtenerzählern, Ermittlern und Journalisten, die ständig im Einsatz sind und dazu beigetragen haben, dass auch dieses Buch das Licht der Welt erblicken konnte.

Es ist den Opfern von Stalking, Hass und Gewalt gewidmet, die keine Chance hatten, sich ihr Schicksal selbst auszusuchen. Es ist auch den Hinterbliebenen und Angehörigen gewidmet, die nicht aufgeben, das Gute im Menschen zu sehen. Und die (hoffentlich noch) genug Kraft haben, sich ihrem Schicksal zu stellen, weil sie stark sind und oder weil es Menschen gibt, die da sind, die zuhören, die hinschauen.

eva dix

ghosting
Der Feind unter meinem Bett

… ist der Debütroman der Osnabrücker Autorin, Kirsten Schuhmann (12.03.1977, Thuine/Emsland). Sie veröffentlicht unter dem Pseudonym *eva dix* literarische Texte. Der Name ist eine Hommage an ihre Großmutter, Frieda Dix, deren Lebens- und Leidensgeschichte viele ihrer Texte inspirierte. Nach dem Magisterstudium der Anglistik, Germanistik und Medienwissenschaft an der Universität Osnabrück war Kirsten Schuhmann als Nachrichtenredakteurin und Journalistin u. a. in Berlin und Münster tätig und arbeitet aktuell als Pädagogin und Sprecherin. Mehr Infos gibt es unter www.kirstenschuhmann.de.